TAKE
SHOBO

コワモテ王弟殿下の強引な溺愛は、ウブな伯爵令嬢に届きますか?

すずね凜

Illustration
サマミヤアカザ

蜜猫
MitsuNeko

contents

イラスト／サマミヤアカザ

コワモテ王弟殿下の強引な溺愛は、ウブな伯爵令嬢に届きますか？

序章

「王弟殿下、どうかこの結婚の件は、なかったことに……」

「王弟殿下、田舎者の私にはあまりに過ぎた結婚話。王弟殿下にはもっとふさわしいご立派な貴婦人がお似合いでございます。どうか、丁重にお断りさせてください」

「王弟殿下──」

フローレンスは馬車の中で、繰り返しお断りの返事を練習していた。

大陸の中央、豊かな国土を持つシュトーレル王国。

その首都オルソに向けて、ニールソン伯爵家の長女フローレンスが乗っている一台の馬車が、急いでいた。

艶《つや》やかな煙るような金髪、くりくりした青い目、苺《いちご》のように赤い唇、お人形のように整った可憐《かれん》な美貌。透き通るような白い肌にほっそりとした肢体は、十七歳にしては幼く見える。

彼女は今日、国王陛下の弟、ヴェネディクト・シュトーレル侯爵とお見合いをするために向かっているのだ。

ニールソン伯爵家は、首都周辺にある地方の中級貴族である。

いつもニコニコしている愛らしい美貌と優しい性格のフローレンスは、誰にでも好かれた。

十六歳で社交界デビューを果たしてから、舞踏会やお茶会などに出席すれば、フローレンスにお付き合いを申し込む独身貴族の青年は、引きもきらなかった。中には、一目惚《ひとめぼ》れだと、出会ってその場で求婚する者もいたくらいだ。

だが、フローレンスが色よい返事をしないでいると、次々に男たちは姿を消してしまった。

そのために、フローレンスはこれまでに男性とのお付き合いをしたことが一度もない。

なかなか婚姻がまとまらないと気をもむ両親の心配をよそに、フローレンスはいたってのんびりとしていた。

そこに降って湧いたように、フローレンスと王弟殿下とのお見合い話が王家から正式に打診されたのは、一週間前のことである。

愛国心に富みシュトーレル王家を崇拝している伯爵家では、ヴェネディクト侯爵との結婚は出世結婚だと大歓迎ムード一色に染まった。

その中で、当のフローレンスだけが気が進まない様子であった。

それには、ちゃんと理由があった。

フローレンスの心の中には、ずっと慕っている男性が存在していたのである。

その上に、王弟ヴェネディクト侯爵には、恐ろしく悪い噂《うわさ》がたくさんあった。

彼は当年三十四歳。病弱な兄国王の右腕として宰相に抜擢《ばってき》され、政務の大半を受け持っている。巨漢でコワモテで怪力、戦場では鬼神の如く戦う騎士として数々の手柄を上げている。

性格は獰猛《どうもう》で冷酷、無口だが戦場での怒号は獅子《しし》の咆哮《ほうこう》よりも大きいという。大剣を片手で振り回し、敵をことごとく打ち払う。その姿はまるで悪魔が乗り移ったようだと敵に恐れられた。

身体中に歴戦の跡として、恐ろしい傷痕が身体中に残っているという。

特に、敵に切り裂かれたという左のこめかみから首筋にかけての大きな傷跡は、いかつい彼の形相をさらに恐ろしげなものに見せている。

若い頃に一度だけ結婚していたらしいが、彼の粗暴な振る舞いに花嫁は恐れをなして、結婚の翌日に逃げ出してしまったらしい。以来、独身を貫いている。

女性にも冷淡で、見向きもしないらしい。

周囲が持ち込んだ身分も容姿も優れている淑女とのお見合いも、百二十回もダメになったそうだ。どの淑女も王弟殿下のお眼鏡にかなわなかったらしく、威圧的な態度で断られたらしい。中には、あまりに王弟殿下が怖い態度を取るので、お見合いの途中で気絶してしまった者もいるという。

もはや首都では主だった独身の淑女とのお見合いは出尽くしてしまい、とうとう地方貴族の娘のフローレンスに、白羽の矢が立ったというのが実情のようだ。

国王陛下が柔和で穏やかな人柄な分、王弟殿下の凶暴さが際立っているのだろう。

ヴェネディクトの逆鱗《げきりん》に触れないよう、城内では誰もがびくびくとして遠巻きにしているらしい。

ヴェネディクトの悪い噂は尾ひれがつき誇張され、国中に広まっていた。

そんなヴェネディクトについたあだ名は「邪神の王弟殿下」

世間に出回っている王弟殿下の肖像画も、怒りの形相で血まみれの獅子を踏みつけにしている図とか、敵将の首を剣に刺して誇らしげに掲げている図とか、恐ろしげなものばかりである。あまりに怖いので、地方の家では「魔除《まよ》け」として、王弟殿下の肖像画を戸口に飾る習慣ができたほどである。

そんな凶悪な人とのお見合い話だ。フローレンスは怯《おび》え、震え上がった。

両親も噂のことは承知していたが、よもや王家の人間が花嫁候補の命までは奪いはしないだろうと、楽観的だった。

それよりも、王家の親族になれる機会など、もう二度とないだろう。地方貴族の娘であるフローレンスに、この見合い以上のいい結婚話が訪れるはずもない。なんとしても、娘を王弟殿下に見初めてもらいたいと、意気込んでいた。

「フローレンス、このお話は、お前がお国のため国王陛下に忠義を尽くすために、神様が与えてくださった最大の機会である。誠意をもって、王弟殿下に御目通《おめどお》りするのだ」

父にそう諭されると、国を心から愛しているフローレンスは、否と言えなかった。

両親は渋るフローレンスを綺麗《きれい》に着飾らせ、半ば強制的に馬車に乗せて、首都に送り込んだのである。

首都に向けてひた走る馬車の中で、フローレンスは死刑場に連れていかれる罪人の気分であった。

そっと窓のカーテンの陰から外を覗《のぞ》くと、街道沿いの家並みがすっかり都会風になっていた。

首都到着ももうすぐだろう。

「銀の騎士様……今すぐに現れて私をさらってください……」

フローレンスは小声でつぶやいた。

彼女の想《おも》い人――銀の騎士。

あれは――フローレンスが七歳の誕生日を迎えた初夏の出来事だ。

天気の良い日であった。

下ろしたての夏向けの半袖のドレスを着たフローレンスは、夕方から行われる誕生日パーティーのことを楽しみにしていて、上機嫌だった。

この地方では、初咲きの白いハナミズキの花を飾ると、その人に幸運が訪れるという言い伝えがあった。誕生パーティーの食卓に、自分で摘んだハナミズキを飾りたいと思った。

午後、フローレンスはお供を引き連れて、近くのハナミズキが林立している森へ出かけた。

しかし、少し季節が早かったのか、どの木も花が開いていなかった。

「一輪でもいいの、みんな、頑張って探してちょうだいな」

あどけないフローレンスのお願いに、お供の者たちは手分けして森の中を探し回った。フローレンスも森の中を開いた花がないかと散策する。

と、木立を抜けた向こうに見えるハナミズキの木に、ぽつりと一輪だけ白い花が開いているのが見えた。

「あ、あったわ!」

フローレンスは胸を躍らせてそちらへ走り寄る。

ただ、少し高い枝に開花していて、小柄なフローレンスでは手が届かなかった。

誰か呼んで摘んでもらおうと思い、戻ろうとした時だ。

背後から、地を這《は》うような恐ろしい唸《うな》り声《ごえ》が聞こえた。

ぎくりとして振り返ると、巨大で真っ黒な熊が茂みから顔を覗かせていた。この時期、野生の熊たちはもっと山奥へ移動しているはずだ。こうして人里へ出現する熊は、はぐれ者で凶暴である。

熊は唸《うな》りながら、のしのしとゆっくり近づいてくる。

黄色い目が血走り、裂けたような大きな口から鋭い牙がのぞき、だらだらと白い涎《よだれ》が垂れている。

フローレンスは背筋が震え上がり、声も出なかった。

じりじり後ずさりしたが、背後のハナミズキの木の根元に足が取られ、転んでしまった。

「だ、だれか……」

必死で声を振り絞った。恐怖で頭が真っ白になる。

間合いを詰めた熊が前に飛び出してきた。

「ああっ」

フローレンスは思わず目を強く瞑《つぶ》った。これで終わりか、と思った。

直後、馬の蹄《ひづめ》の音といななき、そして熊の鋭い咆哮、同時に金属が弾けるような音が聞こえた。突然、生臭い血の臭いがした。がさがさと茂みをかき分けて、何かが遠ざかっていく音がする。

何が起こっているかわからない。フローレンスは両手で顔を覆って地面に突っ伏し、がたがた震えていた。

ふいに、あたりが静まり返る。

「ご令嬢、お怪我《けが》はないか?」

低く艶《つや》めいた男の声がした。

フローレンスはおそるおそる身を起こし、両手を顔から外す。

目の前に、銀色の鎧《よろい》に身を包んだ騎士が立っていた。

見上げるような長身で、兜《かぶと》で顔を覆っていて人相はわからなかった。そのせいか、声がくぐもって聞こえる。

右手に大剣を握っていて、刃が血に染まっていた。

「熊は追い払った。もう心配はない」

騎士は剣を収めた。この騎士が助けてくれたのだ。

フローレンスは安堵《あんど》したとたん、目に涙が溢《あふ》れてきた。しくしくと泣き出してしまう。

騎士は跪《ひざまず》いてフローレンスの顔を見た。

「迷子か？」

「いいえ、いいえ――ハナミズキの花を摘みにきて、お供の者たちとはぐれてしまったの……」

「ハナミズキ？」

「誕生日に、初咲きのハナミズキの花がほしくて……」

言いながら涙で濡《ぬ》れた顔を上げると、騎士の左腕の鎧が外れていて、上腕に深い咬《か》み傷がつき血がぽたぽたと滴っているのに気がついた。熊と格闘した時にやられたのだ。

「たいへん、お怪我を！」

騎士は初めて気がついたように自分の左腕を見る。

「大した傷ではない」

「そ、そんなに血が出て……あの、ちょっと待っててください」

フローレンスは自分のドレスのスカートをビリビリと力任せに引き裂いた。夏物の薄い布地は難なく破れた。騎士はフローレンスの行動に驚いたように口を噤《つぐ》んだ。

「さあ、左腕を出してください」

フローレンスは立ち上がり、騎士の左腕にスカートの布地を巻きつけ、縛った。ぎこちなかったが、自分のために負った怪我をそのまま見過ごしてはおけなかった。

心優しいフローレンスは普段から、捨てられた犬猫や年取って働けなくなった馬やロバを引き取って余生を送らせる収容所のボランティア活動に熱心で、病気や怪我をした生き物を介抱することに慣れていた。

騎士の腕は太くて筋肉がモリモリして逞《たくま》しい。手のひらも大きくて硬くて指も長くて太い。剣や馬の手綱を握るためか、指に無数の硬くなった肉刺《マメ》が出来ていて、それもとても男らしいと思った。

なんだが心臓がドキドキした。

「あの、これで少しは血が止まるかと思います」

騎士ににっこりと微笑《ほほえ》みかけると、兜越しに彼がかすかに息を吐くのがわかった。

騎士はおもむろに立ち上がった。

彼は長い腕を伸ばし、一輪だけ開いていたハナミズキの枝を折り取った。そして、それをフローレンスに差し出した。

「誕生日、おめでとう」

フローレンスは胸がきゅんと甘く締め付けられた。

「あ、ありがとう……」

そろそろと手を差し出し、枝を受け取った。

「では――」

騎士がやにわに口笛を吹くと、木陰に身を隠していた馬が素早く現れた。

彼はひらりと馬に跨《また》がった。巨体に似合わず軽々とした動きだ。

騎士がそのまま馬首を返そうとしたので、フローレンスは慌てて声をかけた。

「あのっ、私はフローレンス・ニールソンです、あなた様のお名前は？」

騎士は手綱を引いて馬の動きを一瞬止め、ぶっきらぼうに答えた。

「名乗るほどの者ではない」

彼は馬の横腹を軽く蹴る。すぐに馬が走り出した。

「あっ、待って、待ってくださいっ」

フローレンスは騎士の背中に呼びかける。

だが、彼はそのまま森の奥へ疾風のような速さで姿を消してしまった。

「……」

呆然《ぼうぜん》と立ち尽くしていると、木立の向こうからお供の者たちの探し回る声が近づいてくる。

「フローレンス様、フローレンス様！」

「お嬢様、どこですか？」

フローレンスはハッと我に返る。

「ここです！　ここにいます！」

お供の者たちがわらわらと駆け寄ってきた。

「心配しました」

「ご無事でなによりです」

皆、熊が出没したことには気がつかないようだ。

「まあ、お嬢様、新しいドレスが破れておりますわ。どうなさいました？」

侍女の言葉に、フローレンスは思わず答える。

「こ、転んで木の根元に引っ掛けてしまったの。でも、怪我はないから」

侍女たちはホッとしたようだ。

「ようございました。初咲きの花も無事に見つかったのですね」

言われてやっと、フローレンスは手にしていたハナミズキのひと枝に気がついた。そっと花に顔を寄せてみる。

可憐な白い花は、優しい甘い香りがした。

「……銀の騎士様……」

口の中でそっとつぶやく。

なぜか、銀の騎士のことを皆に話す気にはなれなかった。熊に襲われたことを話して、それを知った両親に心配かけたくない気持ちもあった。

でもなにより、フローレンスだけの甘酸っぱい秘密にしておきたかったのだ。

誕生日に神様が贈ってくれた、初恋というプレゼントだった。

この世に、あれほど強くて優しくて格好良い男性がいるだろうか。

以来ずっとフローレンスは心の奥底で大切にその初恋を温めていた。

銀の騎士との再会を夢見ていた。きっといつか、彼に巡り会えると信じて。

だから、年頃になっても、他の男性に目もくれなかった。銀の騎士以上に素敵な男性などいなかった。

それなのに、悪魔か邪神かと恐れられている王弟殿下と、お見合いさせられることになるなんて。

なんとかこの話は断ろう。

フローレンスは王城に到着するまで、そのことばかりを考えていた。

第一章　この結婚、お断りします！

王城は首都の中央の小高い丘に位置している。

堅牢《けんろう》な城壁に囲まれ、中央の本城を囲んで天に届かんばかりの高い四つの尖塔《せんとう》、古代の神々や生き物が彫刻された無数の柱、その柱に支えられた高いアーチ状の天井、精巧に飾られた屋根。そして屋上のテラスに上るための広い二重螺旋《らせん》階段は、大陸一の芸術品として名高い。城の背後には、幾何学模様に配置された広大な庭園に、四季折々の花々が咲き誇る。

国を統治する国王の住まいとしてふさわしい華麗な城である。

いつもの好奇心たっぷりで無邪気なフローレンスであったなら、ウキウキして城内を鑑賞していたろう。

だが、王城に到着するやいなや通された豪華な貴賓室の中で、フローレンスはただただ怯えきってうつむいて座っているばかりだった。

目の前のテーブルには、見たこともない豪華なお菓子とお茶のセットが置かれてあったが、手を出す余裕もない。

はたして「邪神の王弟殿下」と対峙《たいじ》して、結婚の話をお断りなどできるだろうか。首都の身分の高いご令嬢ならともかく、しがない地方貴族の娘である。「不敬である！」と逆上されて、その場で一刀両断されてしまわないだろうか。

悪い想像ばかり頭に渦巻き、フローレンスはもはや半泣き状態である。

ほどなくして、侍従が扉の外で声を上げた。

「ヴェネディクト王弟殿下の御成《おな》りです」

フローレンスはびくりとして弾《はじ》かれたように立ち上がり、慌ててスカートの裾を摘んで最敬礼して待ち受けた。

扉の開くと音と共に、大股で歩くカツカツという規則正しい靴音が近づいてくる。

脈動がばくばく速まる。

足音は向かいの席で止まり、人の気配と視線を痛いほど感じた。

「──ヴェネディクト・シュトーレル侯爵である！」

頭の上からはきはきした低い声が聞こえた。少しはきはきしすぎる大声で、耳の奥がじんとした。王弟殿下はしょっぱなからなにか怒っているのか？

フローレンスは怯えながら、消え入りそうな声で返事をする。

「フ、フローレンス・ニールソンでございます」

すると人の気配が素早く背後に移動した。

背中に立たれて、フローレンスは震え上がった。椅子がそっと引かれた。

「どうぞ！」

「あっ、はいっ」

着席をすすめられただけだった。ほっとして、椅子に腰を下ろす。

また顔をうつむけたままでいると、向かいの席に腰を下ろしたヴェネディクトが、不機嫌そうに言った。

「顔を上げなさい！」

「はいっ」

ビクビクして顔を上げる。直後、まともにヴェネディクトと視線が合ってしまう。

「うそ……」

思わず声を漏らしてしまう。

目の前には、息を呑《の》むほど端整な容貌の男性が座っていたのだ。

艶やかな黒髪はサラサラで、顔の造形は野性味を帯びて男らしいが、日焼けした肌は綺麗に髭《ひげ》を剃《そ》ってあった。知的な額、鋭い目元に灰緑色の瞳、高い鼻梁《びりょう》、意思が強そうに引き結ばれた唇。左のこめかみから首筋にかけて長い傷跡が走っているが、それすら顔を彩る美しい紋様のようにフローレンスには思えた。

フローレンスは、巷《ちまた》に出回る王弟殿下の肖像画などで知っている、ごつく髭面《ひげづら》でゴリラみた

いなむくつけきおじさんの大男を想像していた。

ぜんぜん違っていた。

上背のある屈強な身体を、王家の紋章入りの仕立ての良い青い軍服で包んで、少しもいかついところはない。全身から、王族だけが持つ圧倒的な気品が漂っている。

フローレンスはうっかり見惚《みと》れてしまった。

するとヴェネディクトは気分を害したのか、目元を赤くして大きな声を出す。

「嘘《うそ》とは？　私は正真正銘のヴェネディクトだ！」

「ひゃっ、し、失礼しましたっ」

フローレンスは慌てて目を逸《そ》らす。ヴェネディクトの視線が突き刺さるようだ。

何が彼の逆鱗に触れるのかわからず、フローレンスはただ身を硬くしていた。

ヴェネディクトはなぜかむすっと押し黙ったままだ。

「……」

「──」

緊張感のただよう気まずい空気が流れる。

フローレンスは頭の中で、道中ずっと考えていたお断りの言葉を思い出そうとした。けれど、頭の中は恐怖と狼狽《ろうばい》でぐるぐる回ってしまっていた。

とうとうフローレンスは緊張が頂点に達してしまい、耐えきれずにがばっと顔を上げた。

頬が真っ赤になるのがわかる。

「で、で、殿下、殿下っ」

勢い込んだので、怒ったような声になってしまう。

「何事だ!」

ヴェネディクトが表情を変える。

「私、好きな人がいます。ですから、この結婚はお断り申し上げます!」

「っ——」

ヴェネディクトの表情が固まる。目をかっと見開いて激怒しているような顔は、端整なだけに迫力があった。彼の右腕がかすかにぴくりと動いた。

剣を抜くのか? ここで殺されてしまう? 恐怖のあまり理性が吹っ飛んでしまった。

「も、申し訳ありませんっ」

フローレンスはぺこりと頭を下げると、椅子を蹴立てるようにして立ち上がり、そのまま脱兎《だっと》のごとく貴賓室を飛び出してしまった。

「待ちなさい!」

背後でヴェネディクトの怒声が追いかけてくるが、そのまま後も見ずに広い廊下を走り抜けた。

美しく着飾った淑女が血相を変えて走っていく様を、通りすがる侍従や兵士たちが不審げに見ていく。が、ひと目を気にしている余裕もなかった。

「ああ、言ってしまったわ、言ってしまった……」

フローレンスは息急き切って走りながら、小声でつぶやく。

どこをどう走ったか記憶にないが、ふいに庭に面した回廊に出た。

綺麗に整えられた木立や花壇が見える。フローレンスはふらふらと庭へ出た。

一本の木の幹に片手を突き、すっかり上がってしまった息を整えた。ようやく呼吸と脈動が落ち着いてくる。

興奮が収まると、フローレンスは自分が大それたことをしでかしたことに、やっと思い至った。

王家からのお見合いの話を、身分の低いこちらから断るなど前代未聞だ。

そもそも、お見合いという建前だが、婚姻話がニールソン家に持ち込まれた時点で、フローレンスに拒否権などなかったのだ。

それなのに、ずうずうしくも縁談を断り、あまつさえ心に決めている男性がいるなどと口走ってしまった。

思い余った末の行動とはいえ、なんて軽はずみだったのだろう。

「ああ、ばかばかばか、私のばかっ」

フローレンスは木の幹に額をこつこつと打ち付けた。

ヴェネディクトは怒り心頭であろう。

「邪神の王弟陛下」のことだ、フローレンスは不敬罪で牢屋《ろうや》に放り込まれ、もしかしたらニールソン家は爵位を剥奪《はくだつ》されて、家族は国外追放とかになってしまうかもしれない。

「どうしよう、どうしたらいいの？」

ここは誠心誠意、ヴェネディクトに不敬を謝罪するしかないだろう。

そして、もし罰を受けるのなら自分だけにしてくれるように懇願しよう。命を賭してお願いするしかない。

「銀の騎士様……」

初恋の人の面影が目の前に浮かび、涙が溢れてくる。あの人との夢のような思い出を胸に抱いて、罰を受けよう。

そう決意し、顔を振り向けた時だ。

回廊の柱の陰に、長身の男性がすっくと立っている姿が見えた。黒髪に青い軍服——ヴェネディクトだ。追いかけてきたのか。

「あっ……」

彼はこちらを射るような眼差《まなざ》しで見つめ、そのまま大股で歩いてきた。そして、途中ですらりと腰の剣を抜いたのである。

「ひ——っ」

怒りのあまり、ここでフローレンスを叩《たた》き斬るつもりなのだ。

ヴェネディクトは恐ろしい形相でずんずんと近づいてくる。

フローレンスは恐怖で腰が抜けてしまい、その場にへたり込んでしまった。

儚《はかな》く短い一生だった。フローレンスは目を閉じ、胸の中で両親に別れを告げた。

お父様、お母様、今まで愛情深く育ててくださってありがとうございます。

そして、愛《いと》しい銀の騎士様——さようなら。

あっという間に足音が迫ってきた。フローレンスは覚悟してぎゅっと目を瞑った。

「ご令嬢、頭を下げろ！」

鋭い声で言われ、思わず頭を抱えてうずくまる。

耳元でひゅん、と刃が空気を切る音がした。次の瞬間、けたたましい獣の叫び声が聞こえた。

「……っ？」

ぱちんと剣を鞘《さや》に収める小気味好《よ》い音とともに、ヴェネディクトが頭の上から艶めいた声をかけてきた。

「もう終わったぞ」

フローレンスはびくびくしながら顔を上げる。

まだ首が繋《つな》がっていることを確認し、ほっと胸を撫《な》で下ろした。

目の前にヴェネディクトが立って、こちらを凝視している。座り込んでいるせいもあるが、巨人に見下ろされているみたいだ。

ヴェネディクトがゆっくりと身を屈《かが》めた。

無骨な手が伸びてきたので、フローレンスは暴力を振るわれるのかと肩を竦《すく》めてしまう。だが、彼の手はフローレンスの足元の、なにか小さいものを拾い上げただけだった。

「?」

ヴェネディクトの手の中で、産毛の生えた小鳥の雛《ひな》がぴいぴいと心細げに鳴いた。

ヴェネディクトは爪先立ちし、頭上の木の枝に手を持ち上げる。

フローレンスの視線は自然と彼の手の先を追う。そこには小鳥の巣がかかっていた。巣の中に数羽の雛がいるようで、いっせいに囀《さえず》り出した。

ヴェネディクトは小声で雛たちに話しかける。

「大丈夫だ、お前たちの兄弟は無事だぞ」

彼は壊れ物を扱うように、拾い上げた雛をそっと巣に戻した。

フローレンスは口をポカンと開けて、その様子を見ていた。

彫像のように整った横顔が、わずかに笑みを浮かべていた。

あんなふうに笑うんだ——直後、フローレンスの心臓がドキドキと早鐘を打ち出した。

ついさっきまで殺されるという恐怖で氷のように冷えていた身体が、みるみる熱くなる。

「……王弟殿下」

小声で呼ぶと、ヴェネデクトがふっとこちらに顔を振り向ける。

「あなたの足元に落ちた雛を狙って、背後から狐《きつね》が迫っていたのだ」

「き、つね……が？」

驚いてきょろきょろあたりを見回してしまう。

「剣を振って追い払った。もう遠くに逃げていったろう」

ヴェネディクトがふいに居住まいを正し、うやうやしくフローレンスに右腕を差し出した。

「驚かせてすまなかった。さあ――」

フローレンスは彼の大きな掌《てのひら》をじっと見た。

手綱傷や潰れた肉刺が硬くなって層をなしている。優雅ではないが、戦う人の手だ。とても強くて逞しい手だ。

こんな手を持つ人を一人だけ知っている。脈動が速まる。

フローレンスは、おずおずとヴェネディクトの手に自分の手を預ける。小さな自分の手と比べると、まるで大人と赤ちゃんのようだった。

ヴェネディクトが軽々と立ち上がらせてくれた。

二人は一瞬目を合わせてから顔を逸らし、気まずげに向かい合っていた。

特にフローレンスは、自分のしでかした無礼な行動に動揺していていたたまれない。

「座ろうか」

不意にヴェネディクトが噴水の側のベンチを指差す。彼は懐《ふところ》からハンカチを取り出して、ベンチの上にぎこちなく広げた。彼の体格に合わせてあるのか、ナプキンみたいに大きなハンカチだ。そこに座れと言うことらしい。

フローレンスはおそるおそるハンカチの上に腰を下ろした。

するとヴェネディクトが少し距離を置いて、隣にどっかと座ってきた。体格の良い彼が座った勢いでベンチが揺れて、小柄なフローレンスは一瞬身体が浮いた。

「ひゃ……」

変な声を出してしまい、慌てて口を噤んだ。

二十センチほど離れているとはいえ、ヴェネディクトの肉体の存在を意識しないわけにはいかない。体温や息遣いまで感じられて、貴賓室で対峙していた時とは違う意味で緊張してくる。

ここで改めて、無礼な行為を責められるのか。

ちらちらと横目でヴェネディクトの顔を窺うが、怒っているようには見えなかった。

ヴェネディクトがふいに咳払《せきばら》いをした。

「ごほん、ご令嬢！」

「は、はいっ」

「私ももう三十四だ。身を固めたい！」

堅苦しい大声で彼は続ける。

「あなたに想い人がいるのはわかった！」

「はい……」

「だが、私はあなたが気に入った！」

「えっ？」

「一番好きでなくても構わない。二番目でもよい！」

「ええっ？」

「あなたと婚約したい！」

「ええええええっ？」

ヴェネディクトはむっつり押し黙った。

顔が怖い。とてもプロポーズしている人の雰囲気とも思えない。

一方で、フローレンスは思いもかけない展開に混乱しきっていた。

不敬な言動の数々を、ヴェネディクトは気にしていないというのか。これまで百二十回、選《よ》りすぐったあまたの身分が高く美しい淑女とのお見合いを断ってきたのに、フローレンスのどこが気に入ったというのだろう。

「あ、あのあのあの……お気に召したって、どこらへんが？」

思わず聞き返してしまう。

「む――」

ヴェネディクトが考え込むように腕組みした。それから、低い迫力のある声で言い出した。

「あなたは私の愛馬と同じ金色のたてがみをしている。つぶらな青い目は、うちの老猫と同じだ。鈴を振るような声は、窓辺のカナリアのようだ。小柄だが軽やかに歩く姿は、愛犬のポメラニアンそっくりだ」

「は？」

一気に言い終えると、ヴェネディクトはなにかやり遂げた感じで息を大きく吐いた。

フローレンスはぽかんとしてしまう。

私はペット扱いですか？　褒められているのか揶揄《からか》われてるのか判断に迷った。

「あの……王弟陛下」

ぱっとヴェネディクトが顔を振り向け、ぎろりと睨《にら》みつけてくる。

「承諾してくれるか？」

その迫力ある眼差しに、獅子に睨まれた仔ウサギのような心境になる。

「え、あ、の……」

その時だ。血相を変えた侍従が、回廊の方からすっ飛んできた。

「ヴェネディクト殿下！　国王陛下が強い発作でお倒れになられました！」

「兄上が⁉」

ヴェネディクトがさっと立ち上がった。表情が怖いくらい真剣になった。

「今行く！」

一歩踏み出そうとしたヴェネディクトは、ハッと気がついてフローレンスを振り返った。

「ご令嬢も一緒に！」

「え、あ、私、なんか、国王陛下の御前《ごぜん》になど……」

おたおたしていると、やにわに右手首を掴《つか》まれた。

「兄上に、私の選んだ女性をお見せする！」

ヴェネディクトがそのまま大股で歩き出したので、小柄なフローレンスは危うく引きずられそうになった。

「あ、待、って……」

前のめりに転びそうになったところを、ふわりと抱きとめられた。

「きゃっ」

「緊急事態だ、失礼、急ぐ！」

ヴェネディクトは短く言うと、フローレンスをひょいと横抱きにして、そのままものすごい勢いで走り出した。

「あ、あああ」

揺れるヴェネディクトの腕の中で、フローレンスは振り落とされそうな恐怖で思わず彼の上着にしがみつく。

あまりに必死だったので、お姫様抱っこをされていることに気がつかなかった。

ヴェネディクトは息一つ乱すことなく、回廊から王家専用の廊下をまっすぐ走り抜けた。そして、護衛兵たちが守っている医務室の扉の前まで辿《たど》り着《つ》く。

ヴェネディクトの姿を見るや否や、護衛兵たちは身を固くして低く頭を下げる。

「礼などいらぬ、扉を開けよ！」

ヴェネディクトの怒声に、護衛兵たちは慌てふためいて医務室の扉を開く。ヴェネディクトはさっと中へ飛び込んだ。

白く清潔な医務室に、大きな衝立《ついたて》が置かれ、その前に白衣を着た王室付きの医師と看護師が控えていた。

「兄上は——！」

ヴェネディクトの大声に、医師が静かにするよう首を横に振って目配せし、小声で言った。

「今は小康状態でございます」

「そうか——」

ヴェネディクトに抱きかかえられていたフローレンスは、彼の鼓動がばくばくと速くなるのを感じた。

衝立の向こうから弱々しく掠《かす》れた声がした。

「——ヴェネディクト、か？　ここへ——」

「兄上！」

ヴェネディクトはよほど動揺していたのか、フローレンスを横抱きにしたまま衝立の向こうへ回った。フローレンスは断りを入れる余裕もなかった。

「ぁ……」

大きな白いベッドの上に、国王陛下が横たわっていた。

弟のヴェネディクトと対照的で、国王陛下は色白で柔和な人物である。

肖像画などで知るお姿より、ずいぶんと痩せていた。確か、当年五十歳になられるはずだが、ひどく老けて見える。

国王陛下は二人を見ると、毛布の中から痩せこけた腕を差し伸べた。

「おお——その方が、お見合い相手のニールソン伯爵令嬢であられるか」

フローレンスは挨拶をしなければと、ヴェネディクトの腕の中でもぞもぞ身じろいだ。国王陛下の前なので、下ろせと口にするのもはばかられ、ヴェネディクトに察して欲しかった。

それなのに、ヴェネディクトはますますぐっとフローレンスを抱きしめ、彼にしては抑えめの声で言う。

「はいっ、兄上。私はこの方と婚約いたします」

それでも、医務室中に響き渡るような声量である。

「い、ぇ、ぁ……」

これはどう言う状況なのだ。フローレンスは頭の中がさらにぐるぐるしてきた。

国王陛下は穏やかに微笑んだ。

「そうか、そうか。ヴェネディクト、お前にもやっと春が来たのだな」

彼は目を細めてフローレンスを見遣《みや》った。

「ご令嬢――弟との婚約を受け入れてくれるか?」

「あ、いえ……」

フローレンスは何も言えず、背中にだらだらと嫌な汗が流れた。

国王陛下は時々咳《せ》き込《こ》みながらも、訥々《とつとつ》と話しだす。

「私はずっと、歳の離れた弟の将来だけが気がかりであった。これまで、どんな女性にも目もくれなかった弟が、あなたとのお見合い話は受け入れた。おそらく弟も、これが結婚の最後の機会だと思ったのかもしれぬ」

「兄上――」

ヴェネディクトがわずかに目元を赤らめた。こんなコワモテな人でも恥じらうのか。

「私はもう長くはない」

国王陛下が弱々しくため息をついた。ヴェネディクトがハッと息を呑む。

フローレンスもギクリとした。

「兄上、気をしっかりお持ちください!」

ヴェネディクトが真摯な声を出す。

国王陛下はヴェネディクトに向けてかすかにうなずき、再びフローレンスを見つめた。

「どうか、ご令嬢。私のたっての頼みである。弟と婚約してもらえまいか？　弟が身を固めてくれねば、私は安心して神の御許《みもと》へ行くこともできぬ」

「国王陛下……」

弟のヴェネディクトを思う国王陛下の言葉に、フローレンスは胸に熱いものが込み上げる。ニールソン伯爵家は代々王党派で、王家を心から敬い信奉してきた。その強い愛国心は、娘のフローレンスにも受け継がれていた。

これは国王陛下直々のお願いなのだ。むくむくと使命感が湧き上がる。陛下の前で断ることなどできない。

フローレンスは小声でヴェネディクトに告げた。

「殿下、下ろしてくださいますか？」

「お——すまぬ」

やっと気がついたように、ヴェネディクトはフローレンスをそっと床に下ろす。

フローレンスはスカートの裾を摘み、最上級の礼をした。そして、恭《うやうや》しく告げた。

「陛下のお言葉、心に刺さりました。でも、まずは、婚約ということから始めさせていただいでもよろしいでしょうか？」

「ううっ――――!」

ふいに頭上から、押し殺した獣の吠《ほ》え声《ごえ》のようなヴェネディクトの声が降ってきた。

「ご令嬢、その言葉、本当か?」

ものすごく鼻息が荒い気がする。

フローレンスはゆっくりと顔を上げ、まっすぐにヴェネディクトを見上げた。彼の顔が真っ赤になっているのに少し度肝を抜かれるが、恐れずに真剣な声で言う。

「はい」

「っ――――――」

なぜだかヴェネディクトは彫刻みたいに固まっている。

すると、国王陛下が助け舟を出してくれる。

「めでたい、めでたいぞ、ヴェネディクト、おめでとう」

「兄上――――!」

ヴェネディクトはやにわにベッドの前に跪いた。

「このヴェネディクト、兄上の恩義を一生忘れません!　一身を賭《と》して、兄上とこの国に尽くすことを誓います!」

彼は頭を深く垂れ、涙声になっていた。

フローレンスは、ヴェネディクトがこんなにも兄弟愛に篤《あつ》い人だとは思わず、ひどく感動してしまう。

「二人によき未来が訪れんことを祈ろう」

国王陛下の言葉に、フローレンスも深々と頭を下げた。

そこへ、衝立の陰から医師が気遣わしげに声をかけてきた。

「そろそろご退出を――これ以上は、陛下のお身体に差し障ります」

「承知！　兄上、失礼する！」

ヴェネディクトすくっと立ち上がり、フローレンスに片手を差し出した。

「参ろう！」

「あ――失礼します、陛下」

フローレンスは慌てて国王陛下に挨拶をし、ヴェネディクトに手を取られて医務室を出た。

ヴェネディクトは手を握ったまま、ずんずんと廊下を進んでいく。

フローレンスはどこまで行くのだろうと思いつつ、急転直下の自分の運命にまだ頭が追いつかないでいた。

国王陛下直々のお願いに、つい義侠心《ぎきょうしん》にかられてこの婚約を受け入れてしまったが、「邪神の王弟陛下」と婚約してほんとうに大丈夫なのだろうか？

握られているヴェネディクトの手が、ぐっしょり手汗をかいていることに気が付いたのは、長い廊下の端まで辿《たど》り着いてからだ。

行き止まりは、ロングギャラリーと呼ばれる絵画や彫刻などの美術品を展示してある広いサロンであった。ひと気がまるでなかった。

ヴェネディクトはぴたりと立ち止まった。

「ぁ……の」

フローレンスは広い背中におずおずと声をかける。

「私は誓う！」

後ろを向いたまま、ふいにヴェネディクトが大声を出した。天井が高く壁面が広いロングギャラリーの中に、彼の声がうわんと反響した。

「え？　と？」

言葉に困っていると、手を離したヴェネディクトがくるりと振り返り、フローレンスの前に跪いた。そして、フローレンスの右手を取り、真剣な顔で見上げてくる。

「あなたに誓う！　婚約したからには、あなたに鉄壁の貞淑を誓う！　あなただけを守り、あなただけを大事にすると誓う！」

フローレンスは心臓がばくばくして、口から飛び出してくるかと思った。

今、国一番の最強で最高の身分の騎士に、忠誠を誓われているのだ。堅苦しい言葉の裏に、真摯な気持ちを痛いほど感じる。

この人は嘘をつかない。なぜか強くそう思った。

全身に高揚感が広がっていく。この気持ちはなに？

相手は「邪神の王弟陛下」ではないか。平然と敵の首をすぱすぱ刎《は》ねるという、凶悪な人物のはずではないか。声も態度も大きいし、堅苦しくて何を考えているのかわかりにくい。

でも――フローレンスは庭で起こった出来事を思い出す。巣から落ちた雛を優しく拾い上げたヴェネディクトの横顔は、なんて穏やかで魅力的だったろう。

フローレンスに対しては、いささか力加減が強いが、みじんも暴虐なところはない。

もしかしたら――ほんとうは優しい人なの？

頭の中でぐちゃぐちゃと考えていると、ヴェネディクトがフローレンスの手の甲に恭しく口づけした。

「っ――」

しっとりとした下唇の感触に、全身に未知の甘い痺《しび》れが走った。雷にでも打たれたみたいに、四肢の隅々まで痺れて、くらくらと目眩《めまい》がしてくる。

握られている手が、ぶるぶる震えた。

あ、今、何かが心の奥底に芽生えた――そう思った。なんだろう、この感情は。

甘苦しいような胸が締め付けられるような、この気持ちはなんだろう。

フローレンスは目を閉じて手の甲に全神経を集中させて、ヴェネディクトの口づけをうっとりと甘受していた。

ヴェネディクトは唇を離すと、付け加えた。

「兄上に誓った言葉を決して違えない！」

「ぁ……」

瞬間、甘い気持ちで膨れ上がった心臓が、しゅーんと萎《しぼ》むような気がした。

ヴェネディクトは、兄の国王陛下を安心させるために婚約を決意したのだろう。

忠義と兄弟愛に篤い人なのだ。

でも、フローレンスだって国王陛下に懇願されたから、使命感に駆られてこの婚約を承諾したはずだった。

お国ために、国王陛下のために。

共通点は何一つない二人だけれど、ただ一点、国王陛下を敬愛する気持ちだけは一致している。これは国王陛下のお気持ちを安心させるための婚約だ。

だから——婚約解消する手段も残されている。

ヴェネディクトとうまくいきそうにないと思えば、そうすることもできるはずだ。

逃げ道はある。フローレンスは胸の中で自分を納得させる。

それはまだ、フローレンスの心の奥に「銀の騎士」への思慕が色濃く残っていたからだ。

とにかく、国王陛下の御心《おこころ》を安らかにするために婚約したのだということを、強調しておこう。

「私たちは国王陛下をお支えし、お力になるために婚約するのですよね？」

「うむ？」

「王弟殿下」

「む」

ヴェネディクトが目をぎょろりと見開く。

フローレンスは怯えず、その目をまっすぐ見据えた。

「ご病気の国王陛下のご心労を、少しでも減らす努力をいたしましょう」

ヴェネディクトの目元がかすかに赤らんだ。彼は素早く目線を外し、きっぱり答える。

「む——そうだ、その通りだ！　陛下のおために！」

フローレンスはそっと息を吐いた。

こういうのを忠義婚約、とでも言うのだろうか。愛だの恋だのとふわふわと浮ついた気持ちで婚約するより、いっそ清々《すがすが》しいのではないか——そう自分に言い聞かせた。

「では、双方の合意が成った！」

ゆらりとヴェネディクトが立ち上がった。本当に背が高い。

普通に立つと、フローレンスは彼の胸のあたりしか見えない。一方で、ヴェネディクトからしたら、フローレンスのつむじしか見えていないのではないか。

でも、その方がいい。

あの蠱惑的《こわくてき》な灰緑色の瞳に見据えられたら、ドキドキが止まらなくなる。

生真面目で堅物なヴェネディクトに、こんな甘酸っぱい感情を気取られたくない。

浮ついた気持ちを知られたら、ぎろりと睨まれて、もっとしゃんとしろと大声で叱られそうだ。

ヴェネディクトの大きな手が、ふいに頬に触れてきて、自分の考えに耽《ふけ》っていたフローレンスは、びくりと身を竦めた。

だが、その手の感触は、あの落ちた雛を巣に戻した時の壊れ物を包み込むような優しいものだった。

無骨な長い指が頬をつーっと撫《な》で、鼻梁を辿り、さくらんぼのような赤い唇に到達する。擽《くすぐ》ったいような動きに、脈動が急激に速まる。彼の指はそのまま小さな顎に下り、くいっと顔を仰向《あおむ》かせた。目線が絡む。

まっすぐ見下ろされ、かあっと全身が熱くなった。

「ご令嬢!」

「は、はい?」

「婚約の誓いのキスを、よろしいか?」

「は、はいっ」

勢いよく言われて、つい勢いよく返答してしまう。

顎に指をかけたまま、ヴェネディクトの顔が寄せられてきた。

「っ」

こんな間近でヴェネディクトの顔を見ることになるとは、思いもしなかった。目を見開いて硬直していると、ヴェネディクトが困惑したような口調で言う。

「目を閉じたまえ！」

「はいっ」

ぎゅっと目を瞑る。緊張が頂点に達し、息を止める。

唇に柔らかなものが触れた。

「っ……」

瞬間、全身に甘い痺れが走る。

ヴェネディクトも息を詰めいてるのか、かすかな呼吸が頬を擽った。彼が身に纏《まと》うシトラス系のフレグランスの香りが鼻腔《びこう》いっぱいに広がり、頭の中が酩酊《めいてい》したみたいにぼんやりしてくる。

なんて心地よい感触だろう。

一度触れた唇が、そっと離れる。

あ、もうおしまい？　もう少しこの感触を味わいたかったのに。ちょっと残念。

と思っていたら、再び唇が重なった。

「ん……ん」

ヴェネディクトは顔の角度を変えては、撫でるような口づけを繰り返す。強面《こわもて》の彼からは想像もつかないような、繊細な動きにフローレンスは感動すら覚えた。

強張《こわば》っていた身体から力が抜け、足がふらつきそうになって思わずヴェネディクトの上着にしがみついてしまう。

すると、ヴェネディクトの片手がするりとフローレンスの腰に回った。

彼の大きな手がぐっとフローレンスを抱き寄せる。

「んぁ……っ」

ぴったりと身体が密着して、フローレンスは思わず声を上げる。

異性とこんなに濃厚に触れ合ったことがなかったので、うろたえてしまう。

服地越しにヴェネディクトの引き締まった肉体の感触や体温が直に感じられ、心臓が破裂しそうに高鳴った。

強く唇が押し付けられ、その勢いで上唇が捲《まく》れ上がり、互いの唇の内側が触れ合った。濡れた感触に、背中がぞくぞく震える。

次の瞬間、ヴェネディクトの舌先が、そろりと唇の内側を舐《な》めた。

「ふ、っ……?」

そんなことをされるとは思ってもいなかったフローレンスは、びくりと肩を竦ませ、歯を食いしばってしまう。

ヴェネディクトの舌はそのまま、フローレンスの歯列を舐《な》め回した。

「う、ぁっ……」

驚いて目を見開くと、すぐそこに灰緑色の瞳があり、熱っぽい眼差しで見つめてくる。わずかに唇を離したヴェネディクトが、艶めいた声でささやいた。

「口を開けなさい」

今までのきっぱりした言い方ではない、悩ましく柔らかい口調に、フローレンスは身体の奥の方がじんわり熱くなる。まるで催眠術にでもかかったみたいに、口が開いてしまう。

するとヴェネディクトの分厚い舌が捩《ね》じ込《こ》まれるように口腔《こうこう》に侵入してきた。

「っっ⁉」

歯列の裏側、口蓋、喉奥までぬるぬると舐め回されて、フローレンスはひくりと喉を震わせて身を硬くした。

こんな口づけがあるのか？

今まで、フローレンスがうすらぼんやりと想像していた男女の口づけは、ただ唇が触れ合うだけのものだった。それ以上の行為があるなんて、思いもしなかった。

「ふ、ぁ、あふぁ……」

縮こまって逃げ回る舌をヴェネディクトの舌が追いかけてきて、ぬるぬると舐める。舐め尽くし、舌の付け根を甘く噛《か》んだ。

「んんぅっ……」

艶《なまめ》かしい未知の感覚に怯え、喉の奥でくぐもった悲鳴を上げ、身を捩《よじ》って逃れようとした。だが、そのままちゅうっと音を立てて強く舌を吸い上げられた瞬間、うなじのあたりから背中を抜け腰に向かって、甘い痺れが駆け抜けた。

「んふぅっ、んんんぅ、ゃ……ぁ」

息ができなくて頭がくらくらし、強張っていた全身からみるみる力が抜けていく。

ヴェネディクトの腕がくたりとしたフローレンスの身体を抱きかかえ、もう片方の手が後頭部を支え、さらに深い口づけを仕掛けてきた。

「……は、ふぁ、ふ、ぁあ、ぁふぅ……」

くちゅくちゅと舌が擦れ合う恥ずかしい水音が耳の奥でこだまし、苦しいのに目眩がしそうなほどの心地よさが四肢に広がっていく。

「んゃ……あ、ぁ、ぁん、ぁふぁ、ぁん……」

腰が抜けてしまって、もはやヴェネディクトに抱きかかえられていなければ、膝から頽《くずお》れてしまいそうだ。

ヴェネディクトは情熱的にフローレンスの口腔と舌を味わい尽くす。溢れる唾液を啜《すす》り上げ、ぬめぬめとフローレンスの舌を擦り、時折痛みを感じるほど強く吸い上げる。

怖いと思うのに、一方で心地よいと感じてしまう。脈動が速まり体温が上がり、強いお酒を飲んだみたいに頭の中がぼうっと霞《かす》んでくる。

「……ふぁ、ぁ、ん、んんぅん」

後頭部を抱えていたヴェネディクトの手が動いて、そろりと耳の後ろを撫でた。刹那、ぞわっと背中がおののいた。擽ったいようなやるせないような不可思議な感覚に、子宮の奥のほうがざわつくような気がした。

「んぁ？　ふぁうっ」

淫らな感覚だという自覚はあった。

舌を吸われるたびに、きゅんと胎内が痺れて収縮を繰り返す。その猥りがましい動きに、性的な快感を生まれて初めて知る。

もはやヴェネディクトのなすがままに、舌を味わい尽くされていた。

長い長い口づけが終わる頃には、フローレンスはうっとりとした表情でヴェネディクトの腕の中にぐったりと身を任せていた。

ちゅっと音を立てて唇が解放される。

ぼんやりとした視界に、唾液の銀の糸が二人の唇の間に伸びるのが見えた。その糸を、ヴェネディクトがぺろりと舐め取る。その仕草がドキドキするほど色っぽくて、フローレンスはお臍《へそ》の裏側あたりがつーんと甘く痺れた。

「ん、ふ……はぁ……」

「フローレンス――」

ヴェネディクトが火照ったフローレンスの額や頬に唇を何度も押し付け、掠れた声で名前を呼んだ。

初めて名前を呼ばれて、その響きのあまりの良さに、早鐘を打つ鼓動がさらに速まって、気が遠くなりそうだ。

「――もう、離さない」

耳元でため息交じりにささやかれる。

普段声量のある人が、こんなふうに艶めいてささやくと、とんでもなく破壊力があると初めて知った。

粗暴で凶悪だと評判の男が、それとは全く違う細やかな一面を見せてくれる。その落差に、きゅんきゅん胸が甘くときめいた。

フローレンスは初めての口づけで、全てを奪われてしまったような気がした。

「あ、あ、殿下……私、もう気を失いそう……です」

「ヴェネディクトだ」

「ヴェ、ヴェネディクト殿下……?」

「ヴェネディクト様……」

「フローレンス、私の婚約者」

「は……い」

「よし！」

ふいにヴェネディクトがしゃきっとして、フローレンスの腰を両手で抱えてまっすぐ立たせた。

「では、決まった。今すぐ、婚約式を行おう！」

フローレンスは口をポカンと開けてしまう。

「ええっ？　今ですか？　は、早い……っ、き、気持ちの準備が……」

「善は急げだ。兵法でも先手必勝という。それに、兄上の病状がいつ急変するやもしれぬだろう。早く安心させてあげたい」

国王陛下のお身体のことを持ち出されると、否とは言えない。

「で、でも、私の方には何も用意が……」

「かまわぬ、こちらで全て手配する。誰かおらぬか！」

ヴェネディクトが城中に響きそうな大音声で呼ばわると、廊下の向こうから血相を変えた侍従や侍女たち兵士たちが、わらわらとすっ飛んできた。

ずらりと整列した彼らを、ヴェネディクトは厳格な顔で見据えた。

「本日、私とフローレンス・ニールソン伯爵令嬢の婚約式を執り行う！」

「はっ」

「式は城の聖堂で執り行なおう。首都の大聖堂の司祭を直ちにお呼びしろ。婚約指輪およびドレスは——フローレンス、あなたの好きな宝石と色はなんだ?」

いきなり自分に振られて、フローレンスは反射的に答えた。

「エ、エメラルドと緑色が好きですっ」

「よし！　最高級のエメラルドの婚約指輪と緑色のドレスを手配だ。全部三時間以内で準備せよ！」

「ははっ」

無茶《むちゃ》振りもいいところだと思うのに、全員が反論もせず素早く動き始めた。

ヴェネディクトは、

「ではフローレンス、私も支度をする。三時間後に、城の聖堂で会おう！」

と、張りのある声で言い置くと、大股で歩き去ってしまった。

第二章　邪神の王弟殿下の婚約者になりました

「……」

唖然《あぜん》としているフローレンスを、侍女たちが取り囲む。

「ご令嬢、急ぎ控えの間で採寸をさせてくださいませ」

「指のサイズも測りましょう」

「さ、さ、お急ぎください」

侍女たちに急《せ》かされて、フローレンスはあわあわしているうちに、控えの間に連れ込まれ、頭の先から爪先まで採寸された。

シュミーズ一枚で姿見の前に立ち尽くすフローレンスをよそに、侍女たちはてんやわんやである。

中でも、年かさの地位の高そうな侍女がてきぱきと指示を飛ばす。

「ご令嬢の指のサイズ、7。殿下は確か15です。エメラルドは出入りの宝石商から届けさせましょう」

「ご令嬢のウエストサイズに合った緑色のドレスを、御用達《ごようたし》の仕立て屋からできるだけ取り寄せ、一番お似合いのドレスを手直しします」

「靴も忘れないで！　緑色の繻子《しゅす》の靴がいいわ。お御足《みあし》のサイズは23ですよ」

ひとわたり指示を終えたその侍女は、絹のガウンを手にしてふわりとフローレンスに着せかけてくれた。

「さあ、ご令嬢は化粧室で待機していてくださいませ。温かいお茶となにか摘むものを用意させましょう」

「あ、あの……侍女さん……」

「これは失礼しました。初めまして、私は王弟殿下付きの侍女頭ルイーゼと申します。王弟殿下が幼い頃より、ずっとお仕えして参りました。お見知りおき下さい」

ルイーゼはキリッとした雰囲気だが、笑い皺《じわ》のある顔は柔和であった。少し母に面影が似ている気がする。まだこの城に知り合いが一人もいないフローレンスは、思わず頼るような心持ちになった。

化粧室に案内され、椅子に腰を下ろした。

ルイーゼは化粧台に化粧品を並べたり、お湯の用意をしたりとくるくると立ち働く。

「ルイーゼさん、あの、こんな急なことになって——ごめんなさいね」

ルイーゼはニッコリした。

「構いませんよ。私どもは、王弟殿下のせっかちには慣れておりますからね。なにより、殿下がご婚約されると聞いては、何が何でも命令を成し遂げねばなりませんわ。あのカタブツ殿下の、これが最後の結婚の機会かもしれませんからね」

ルイーゼはヴェネディクトを少しも恐れている様子がないようだ。

「あの――もし、準備が間に合わなくて、ヴェネディクト様が激怒なされたら、どうしましょう？」

ルイーゼがくるりと振り返った。

「まあまあ、それは『邪神の王弟殿下』だからですか？」

ズバリと言われ、フローレンスは口ごもる。

「あ、いえ……その」

ルイーゼはふふふと含み笑いした。

「まあご令嬢も、今にお分かりになりますよ。ヴェネディクト殿下の本当のお姿を。あ、もう仕立て屋が到着したようですわ。連れて参ります」

意味深な言葉を残し、ルイーゼがぱたぱたと出て行った。

「ふう……」

フローレンスは熱いお茶を一口飲み、気持ちを落ち着かせようとした。

なんだか時間が倍速で過ぎていくようで、これまでの出来事が実は夢なのではないかと思う。

もしかしたら、自分はまだ首都に向かう馬車の中で、うたた寝をしてしまっているだけではないだろうか。

だが——きっちり三時間後。煌《きら》びやかな緑色のドレスに身を包んだフローレンスは、王城の聖堂の祭壇の前に、礼装姿のヴェネディクトと並んで立っていたのである。

「ヴェネディクト・シュトーレル侯爵。フローレンス・ニールソン伯爵令嬢。両人の婚約を、神の御前にてここに認める」

司祭の重々しい声が、聖堂の高い天井に響いていく。

フローレンスはぼうっとその声を聞いている。

左手の薬指には、特大のエメラルドの嵌《はま》った婚約指輪が眩《まぶ》しいほど輝いている。

隣には、青い礼装軍服に身を包み、厳しい顔をして背筋をピンと伸ばした巨漢のヴェネディクト。

まだ夢の続きみたいだ。

今朝あんなに、「邪神の王弟殿下」との見合い話を断る気満々で、この王城へ向かっていたのに。夕方にはその人と婚約の宣誓を交わしているなんて。

緊張と混乱と興奮で、フローレンスの思考力はもう底をついていた。

気がつくと、ヴェネディクトに手を取られて、ふらふらと聖堂から城内へ続く廊下を歩いている。先導をルイーゼが受け持ち、周囲をぞろぞろと兵士たちが護衛している。

足元がおぼつかないフローレンスに気がついたのか、ヴェネディクトが頭の上から大声で聞いてくる。

「フローレンス！　大丈夫か？」

これが彼の地声であるとわかってきたが、まだその声量の大きさに慣れず、思わず首を竦めてしまう。

「ひゃ……だ、だ、だ、だいじょうぶでは……」

消え入りそうな声で答えると、ヴェネディクトが身を屈めてきた。

「なんだって？　聞こえぬ」

「大丈夫じゃ……ありません、もう気を失いそうです」

「なんだと！」

ひときわ大きな声に、ルイーゼ以外の周りの者たちもびくんと身を強張らせる。

やにわに横抱きにされ、フローレンスはその勢いで本当に一瞬、意識が飛んだ。

「私の部屋で少し休もう」

ヴェネディクトはそのままフローレンスを抱いて大股で歩き出した。

「殿下、お部屋の暖炉には火を入れておきました。軽食の用意もさせてあります。どうぞ、お二人でごゆるりとお休みください」

背後からルイーゼが恭《うやうや》しく声をかけてきた。その声に押し殺したような笑いが混ざっているのは気のせいだろうか。

広い城内のどこをどう移動したのか、記憶にあまりない。王家専用だという螺旋階段をぐるぐると上がって、城奥の最上階に辿り着いた。

廊下を守っていた兵士たちが、ヴェネディクトの姿を見ると緊張の面持ちでさっと頭を下げる。その中を、ヴェネディクトはフローレンスを抱いたまま平然と進んだ。

「本来は兄の国王陛下が最上階に住まわれるのだが、今は病身ゆえ、救急に対応できるように一階に部屋を移した。だから、今はここが私の住まいになっている」

ヴェネディクトは堅苦しい声で説明し、突き当りの部屋の扉を自分で開け、中に入った。

部屋の中は心地よく温かくしてある。

ヴェネディクトは応接間らしき部屋に入り、大きなソファの上にそっとフローレンスを下ろした。巨体のヴェネディクトに合わせてか、椅子やテーブル始め調度品はみな大振りだ。小柄なフローレンスは、巨人の部屋に来たような気持ちになった。

「座っていろ。今、飲み物を運ぶ」

「あ、そんなこと、私が……」

立ち上がろうとすると、ヴェネディクトが大きな手で押《お》し留《とど》め、じろりと睨んだ。

「座っていろ!」

「はいっ」

すとんと坐《すわ》り直した。

ヴェネディクトが茶器やケーキスタンドを乗せたワゴンを押してくる。

ごつい男性が意外に器用にお茶を淹《い》れる様子を、フローレンスはぼんやり見ていた。

「さあ、飲みなさい」

上品な陶器のカップを渡され、フローレンスはありがたく受け取った。実を言うと、これまでの怒涛《どとう》の事態に翻弄され、喉はカラカラでお腹《なか》はぐうぐうであったのだ。

香り高い紅茶をひと口すると、やっとひと心地がついた。

立ったままヴェネディクトが反応を窺うみたいにこちらを睨んでいるのに気がつき、慌てて言う。

「よい香りです」

「うむ」

ヴェネディクトはうなずいて、自分はブランデーの瓶からグラスにそれを注ぎ、手にするとソファの端にそっと腰を下ろした。前にどっかと座られて、その勢いでフローレンスがベンチから転げ落ちそうになったことを気にしてくれているようだ。

「私はこちらをやらせてもらう」

彼はブランデーのグラスを持ち上げ、ちびちびと飲み始めた。

しばらく二人はソファの端と端に座り、無言で飲み物を啜《すす》っていた。フローレンスは沈黙に耐えきれずに思わず口を開く。

「あの――」

「なにか――」

二人は同時に口をきいてしまい、思わず黙り込む。

フローレンスは顔を赤くして、どうぞどうぞと手をヴェネディクトに振った。

「あ――なにか、食べないか?」

「あ、はい」

ヴェネディクトは難しい顔をして、ケーキスタンドの上のものを羅列した。

「ポタージュ、コンソメ、ハムサンドイッチ、きゅうりのサンドイッチ、卵のサンドイッチ、マッシュ、スコーン、ソーセージ、ベーコン、コールドチキン、ケーキ、タルト、果物は……」

えんえんメニューを言っていそうなので、慌てて口を挟んだ。

「ええと、ポタージュにハムサンドイッチ、スコーンにジャムとクリーム、ベーコンもくださいっ」

「うむ――ポタージュにハムサンド――」

ヴェネディクトは口の中で繰り返しながら、大きな皿に頼んだものをきちんと載せて差し出した。受け取ろうとして、フローレンスは自分の手が震えているのに気がついた。疲れと緊張と空腹で、震えが出たのだ。ヴェネディクトが眉を顰《ひそ》める。

「フローレンス、そのままでいい」

「はい？」

ヴェネディクトは少し身を寄せると、銀のスプーンでポタージュを掬《すく》ってフローレンスの口元に持ってきた。

「あーんしろ」

「あ、あーん？」

ああんと口を開けると、そこにスプーンが押し込まれる。とろりと温かく濃厚なポタージュが喉に流れていく。

「美味《おい》しい」

思わず頬が緩んだ。

ヴェネディクトがホッとしたような顔になる。

「やっと、笑った」

「あ……ごめんなさい……すごく緊張していて……」

もごもご言い訳しようとすると、さらにスプーンが差し出される。

「よい、飲め」

「はい」

赤ちゃんみたいにヴェネディクトに食べさせてもらうのが、恥ずかしいけれど擽ったく嬉《うれ》しい。ポタージュを飲み終えると、次には一口大にちぎったハムサンドを口に押し込まれた。

「もぐもぐ……あの、ヴェネディクト様、私、もう一人で食べられ……むぐむぐ」

断ろうとしたのに、怖い顔で次々口に運ばれ、仕方なく咀嚼《そしゃく》し続けた。

「騎士は忠誠を誓った貴婦人に奉仕する義務がある」

「もぐもぐ……そうですか？」

「あなたは少し細すぎる。もう少し食べて肉をつけるといい」

「もぐもぐ……で、でも、貴婦人は小鳥みたいに小食でなければならないって……」

「私はそういう不健康な風潮に反対だ」

「もぐもぐ……そうなのですね？」

「そもそも、小鳥は少食ではない。四六時中食事をしている生き物だ」

「もぐもぐ……そうなのですか？」

「鳥は、一日に自分の体重の一割の量の餌を食べるのだ。私で言えば、一日に9キロの食事をすることになる。実は鳥は大食いなのだ」

「もぐもぐ……まあ、初めて知りました」

ヴェネディクトが生真面目に鳥の生態について一人語りし、フローレンスがひたすら食べ続ける時間が流れた。

フローレンスは口を動かしながら、無口なヴェネディクトが、なんとか話題を見つけようとしているような気がした。堅苦しい話し方だが、意外に興味深いことを話してくれる。

声も態度も大きいが、最初の時ほど怖いと思わなくなっていた。

やがて、すっかりお腹がくちくなってしまった。フローレンスは満足げにため息をつく。

「ああ……もうこれ以上はひと口も入りません」

にっこりとヴェネディクトを見上げると、彼は手にしていたケーキのカケラを持ったまま、目元を赤らめた。行き場のなくなったケーキを、彼はぱくりと頬張《ほおば》る。そして、一瞬ニコリとしたような顔になり、フローレンスはドキンと心臓が跳ねた。その表情は、まるで少年みたいに無邪気な感じで、見間違えたかと思う。

「うむ、甘い」

「ケーキですから」

フローレンスは苦笑する。満腹したせいか、気持ちが大きくなった。

「やはり、殿方はお酒の方がお好きでしょうか？」

巨漢のヴェネディクトだから、かなりの酒豪であろう。

そう言えば、敵を制圧した際に、樽《たる》いっぱいのワインを一気に飲み干したという逸話も聞いている。

「いや、私は酒は苦手だ」

「え?」

「甘いものの方が好きだ」

そう言いながら。彼は残っていたケーキスタンドのケーキを次々に平らげた。

「え、だって、さっきブランデーを……」

「それは、緊張を解こうと思ったからだ」

ヴェネディクトはフローレンスの目を見ないようにして、ケーキを頬張っていく。

「緊張?」

威風堂々《いふうどうどう》とした風体でコワモテの彼が、何を緊張すると言うのだろう。

ヴェネディクトは答えず、ケーキを食べ尽くすと、グラスに残ったブランデーを一気にあおった。みるみる彼の顔が赤くなる。本当にお酒に弱いのかもしれない。

と、隣の部屋のから扉をカリカリごそごそいじる音が聞こえてきた。

フローレンスは隣の部屋に誰か潜んでいるのかと、ギクリとする。

「うるさいぞ」

ヴェネディクトはそれほど怒ったようでもなくさっと立ち上がり、大股で扉に向かい開いた。

途端に、どっとたくさんの生き物が突入してくる。

小型犬、中型犬、大型犬、大小の猫たち、様々な野鳥——ハヤブサや狐《きつね》やイタチまで混じっている。数十匹はいるだろう。

彼らはヴェネディクトに抱きついたり、肩や頭に飛び乗ったり甘えまくる。

わんわん、にゃーにゃー、くんくん、ぴぃぴぃ、動物園かと思うくらいの凄《すさ》まじい騒ぎだ。

「こら、やめなさい」

ヴェネディクトが次々動物たちに飛びかかられて、閉口したような顔をする。しかし口調は穏やかで嫌がっているわけではないようだ。

「待て！」

ヴェネディクトのひと声で、全員がぴたりとその場に整列して座った。そのまま彼らは、フローレンスを興味津々の様子で見つめてくる。

「可愛《かわい》い！　こんなに大勢で——ヴェネディクト様のペットですか？」

フローレンスは思わず顔をほころばせた。

ヴェネディクトはぼそりと答える。

「いや——全部捨てられていた動物たちだ。遠征先や行軍の途中で拾ってきた。だんだん数が増えてきて、この有様だ。その白い大型犬はジル、この黒い猫はリリアナ、その茶色の小犬はギース、赤狐はタリタ、このカラスはルイ——」

一匹一匹名前までついているのだ。

「まあ……」

フローレンスはヴェネディクトが巣から落ちた小鳥の雛を掬《すく》い上げたことを思い出す。

「お前たち、気が済んだろう？　戻れ」

ヴェネディクトが命令すると、全員がぱっと立ち上がり素直に部屋に戻っていく。まるで訓練の行き届いた軍隊みたいな動きに、フローレンスはさらに笑みが深くなった。

扉を閉めたヴェネディクトが肩を竦めた。

「すまぬ、驚かせた。私の部屋に女性が入ったのは初めてなので、あやつらは気になって仕方なかったようだ」

フローレンスはくすっと笑いだしてしまう。ヴェネディクトが目を丸くする。

「ふふっ、ふふふ」

「怖くなかったか？」

「いいえ、少しも……動物たちに囲まれたヴェネディクト様は、なんだか動物園の園長のようでした——なんだか」

「なんだか？」

「ヴェネディクト様、可愛かったです」

言ってしまってから、ハッとしてヴェネディクトの顔色を窺う。

誉れ高い騎士に可愛いは失礼だったか？

ヴェネディクトは目を瞬いた。そして、まっすぐソファに戻ってきた。

フローレンスの背中の背もたれに片手をかけ、ぐっと身を乗り出す。

「フローレンス！」

ヴェネディクトが睨みつけてきた。

「は、はいっ」

こうして、人の目をまっすぐに見つめてものを言うのは、ヴェネディクトの癖なのだ。眼力は凄《すご》いが、怒っているわけでも脅かしているわけではないのだとなんとなくわかってきた。

ただ容貌に威圧感があるから、相手は怯えてしまうのだろう。

それが誤解を招いている気もした。

「晴れて正式に婚約者となった！」

「は、はいっ」

ぐぐっとヴェネディクトが端整な顔を近づけてくる。

心臓がドキドキしてくる。

芳醇《ほうじゅん》なブランデーの香りがする彼の息が顔にかかると、それだけで酩酊してしまいそうだ。

「だから、もう一度キスをしよう――」

ヴェネディクトの声が低くなる。

「あ」

返事をする前に、唇が重なる。

「ん……」

ぬるっと唇を舐められたが、口づけは二度目なので前ほどうろたえない。きっと、口づけにもいろいろあるのだ。

おずおずと唇を薄く開いた。自分から誘うような動きをしてしまったが、最初の口づけの甘い衝撃が忘れられなくて、つい、淫らな期待をしてしまう。

するりとヴェネディクトの舌が忍び込んでくる。ブランデーの味がして、大人の味の口づけに背中が震える。

舌が絡まる。フローレンスは目を閉じて、その感触を味わう。

「ふ、んん……んぅ」

彼の舌が擽ぐるみたいに舌の横を舐め回すと、その猥りがましい動きに背中がぶるりとおののいた。震えるフローレンスの背中に、ヴェネディクトの大きな手が回され、あやすようにゆっくりと上下に撫でる。それもとても心地よい。

「ふぁ、あ、ふぁ……ぁ」

ぬるぬると舌が擦れ合い、ぞわぞわと背中の震えが止まらない。

ふいに舌の付け根を噛まれると、甘い痺れが全身に走った。ヴェネディクトの舌が雄々しく喉の奥まで侵入してきて、呼吸ができない。

フローレンスは苦しげに顔を顰め、喘《あえ》ぐ。

「……ぁふ、あ、は……ぁ、苦し……ぃ」

「もっと口を開けて――」

口づけの合間に、低音の小声が耳孔に吹き込まれる。それだけで、魂がふわふわと飛んでいきそうになる。

ヴェネディクトがこんな色っぽくささやくなんて、誰も知らないかもしれない。世界でフローレンスだけが、この声を知っている。そう思うと、身体の芯がじわっと熱くなる。

「……は、ぁ、あ、ぁふ……ぁ」

口腔を存分に舐め回され、甘い痺れに四肢から力が抜けていく。なにかに縋《すが》りたくて、思わずヴェネディクトの頭に両手を回す。サラサラした髪の感触が心地よい。

じりじりとヴェネディクトの身体に押されて、ソファの上に仰向けに倒れ込んでしまう。のしかかってくる男の重みに、怖いような安心するような矛盾した気持ちに襲われる。

「ふ、ぁ、ぁ、ふぁあん……」

拙いながらも、ヴェネディクトの舌の動きに応えようと舌をうごめかすと、彼の歯の硬さや口蓋のでこぼこがはっきりと感じられ、ああ、口の中ってこんな感じなんだと、不可思議な感動を覚える。

夢中になって口づけを味わっていると、背中に回っていたヴェネディクトの手が腰の線を撫《な》

で上げ、胸元に移動してきた。

襟ぐりが深めのドレスだったので、剥《む》き出しになった胸の谷間に直に触れられて、驚いて目を見開き、声を上げてしまう。

「あっ……」

ヴェネディクトがハッと動きを止めた。唇が解放される。

彼はフローレンスの火照った頬や耳朶《じだ》に濡れた唇を押し付け、さらに艶かしい小声で言う。

「──婚約は結婚の前提だな？」

「は、い」

「結婚はすなわち、子を成すことだ」

「はい……」

「どういう行為をするか、知っているか？」

フローレンスは羞恥でかあっと体温が上がった。

大人の男女の行為については、両親はふんわりとしか教えてくれていない。

「……あの……裸で……一緒に、寝て……体操みたいなこと……を、する？　みたいな？」

自信無げにぼそぼそ言うと、ヴェネディクトの顔が強張った。

あまりの無知に怒ったのか？

「ご、ごめんなさい、何も知らなくて……ごめんなさいっ、怒らないで……」

するとヴェネディクトがさらに怖い顔になる。

「謝るな」

「はいっ」

「あなたに怒っていない」

「はい」

「自分の弱さに腹が立ったのだ」

「え？」

ヴェネディクトのどこが弱いというのだろう？

キョトンとして見つめると、まだブランデーが効いているか、ヴェネディクトの目元が赤く染まる。

「その——結婚を前提に、少し、鍛錬を積まぬか？」

「た、たんれん？」

騎士であるヴェネディクトらしい言い回しに戸惑う。

目元だけではなく、ヴェネディクトの鋭角的な頬までが赤く色づいてきた。

「そうだ、鍛錬だ。いきなり本番の行為に及ぶには、あなたと私では体格も違いすぎる」

「はい」

確かに、大人と子どもほど身体の大きさが違う男女だ。

よくわからないけれど、男女の行為をするのもきっと大変なのではないか？

そう言えば、侍女たちが廊下や厨房《ちゅうぼう》で恋話に花を咲かせているのを小耳に挟んだ時、その行為が痛かったり恥ずかしかったりしたと言っていたことを思い出す。

ちょっと怖くなった。

フローレンスが思わず怯えた顔をしたので、ヴェネディクトが生真面目に続けた。

「あなたに、辛いことや苦しいことをしたくない」

「……」

「だから、少し、慣らそう」

「はい」

「あなたの操《みさお》は大事にする。最後までは、しない。約束する」

「はい」

「あなたにもっと、心地よくなってほしい」

「はい」

「キスより、もっと」

「もっと……」

心臓が高鳴る。

ずっと腰に響いてくる低音声でささやかれ続けて、それだけですでに気持ちがとろとろに甘く蕩《とろ》けてしまっていた。

「よいだろうか?」

ヴェネディクトの目が懇願するような色を帯びる。そんな色っぽい眼差しは反則だ。

そしてフローレンスは、ヴェネディクトに騎士の誓いをされた時から感じていた、不可思議な甘苦しい感情の正体にやっと気がつく。

ヴェネディクトに好意を持ち始めている。いや、それとも少し違う。

「銀の騎士」に抱いている初々しい思慕とも違う。もっと熱い高揚感だ。

——ああ、これが恋なのか。

フローレンスは自分の心の中のもやもやしたものをやっと理解した。

ヴェネディクトは確かに、コワモテで大声で態度も大きくて無愛想で堅苦しい。

でも、そこに「邪神の王弟殿下」の要素なんて少しもなかった。

忠義で祖国愛と兄弟愛が強く、騎士の誉れが高く思いやりも深く命を大事にする人だ。

これまで抱いてきたヴェネディクトへの悪い印象が、ひとつひとつカードが裏返るみたいに違うものになっていく。

その落差にきゅんきゅん胸がときめく。

フローレンスはごくりと唾を呑み込み、消え入りそうな声で答える。

「す、少し、なら……鍛錬は大事ですよ、ね」

「そうだな、鍛錬だ」

ヴェネディクトがほっと息を吐いた。

彼の大きな手が、頬を撫でてくる。その感触だけで、身体の奥がじわりと溶ける気がした。

もう片方の手が、フローレンスの右手を取り唇に押し付けた。

「ぁ」

「甘いな」

指先に口づけされる。ちゅっと軽く指先を吸われると、ぞわっと鳥肌が立った。

指の一本一本に口づけし、咥《くわ》え込んで舌で舐め回された。

「お、お菓子を食べていましたから……」

声が震える。

「そうではない」

ちゅっと手の甲に口づけされる。ぞくぞく背中が震えた。

「あなたが、甘いのだ」

そのままするーっと唇が二の腕を滑る。ノースリーブだったので、肩口まで唇が移動してくる。

「あ、あぁ……」

彼の唇が触れた肌が火傷《やけど》をしたみたいにかあっと燃え上がるような気がした。

そのまま腕を引かれ、ヴェネディクトの胸に抱き込まれる。

肩口の唇が、つつーっと細い首筋を這う。

「ひゃ……ぁ、あ」

擽ったいような悪寒のような感覚が走り、歯がカチカチと鳴った。

濡れた唇が耳の後ろまで這《は》い上り、耳朶の裏をちろちろと舐めた。

甘い痺れが走り、びくりと身が竦んだ。

「やっ、め……」

なぜそんなところが感じてしまうのかわからず、フローレンスはうろたえる。

「ここが、感じるか?」

ふっと吐息でささやかれ、腰が砕けるかと思うほどの心地よさが全身を満たす。

性的快感をはっきりと自覚した。

ぱくりと薄い耳朶を咥え込まれ、熱い舌先が耳殻をなぞり耳孔の奥まで侵入してくる。

「ひゃん……っ」

がさがさと舌が這《は》い回る音が耳奥を刺激し、壊れそうなほど胸が高鳴り呼吸が乱れてしまう。

「小さくて繊細な貝殻《かいがら》のような耳だ」

ヴェネディクトの艶めいた甘い声が頭の中で反響する。

再び唇を奪われる。

同時に、ヴェネディクトの大きな手が胸の膨らみをすっぽりと覆い、やわやわと揉《も》み込《こ》んできた。

「んく……ぅ、ぁ」

動揺して大きく口が開いてしまい、ヴェネディクトの熱く濡れた舌が侵入して、口腔を大きく掻《か》き回した。

「んふ、は、ふぁ……ぁあ」

揉《も》みしだかれた乳房の先端が、大きな掌で服地越しに擦られると、どういう仕組みなのか先端がツンと凝って、硬く尖《とが》ってきた。

ドレスの布を押し上げて、ぽっちりと乳首の形が浮き上がる。はしたない自分の身体の反応に、目の前がクラクラしてくる。

「乳首が勃ってきた——感じているのか？」

低音で恥ずかしい言葉をささやかれ、全身がかあっと熱くなった。

ヴェネディクトの太い指が、服の上から尖った乳首を摘《つま》み上げた。フローレンスはびくんとおののいた。

「ひゃぁうっ」

一瞬鋭い痛みが走ったかと思うと、直後、じんじんとそこが甘く痺れ不可思議な痺れが全身を走り抜ける。

「ここが、感じやすいのだな」

ヴェネディクトが確認するみたいに、凝る乳首を指でいじりだす。

無骨な彼に似合わず、指先が繊細な動きで刺激してくる。

「あ、あぁ、や、め……だ、め……」

触れるか触れないかの力で、指の腹で乳首を撫《な》で回されると、そのたびに強い刺激が下腹部の中心に走り、居ても立ってもいられないような心持ちになる。

ヴェネディクトは左右の乳首を探り当て、交互に愛撫《あいぶ》を繰り返す。

「だめ、触っちゃ……ぁ、あぁ、ぁ……」

下肢の中心がやるせなく疼《うず》いて、媚肉がきゅうっと収縮するのがわかる。つーんとした性的な甘い痺れがひっきりなしに湧き上がって、恥ずかしい箇所がムズムズ落ち着かず、どうしていいかわからない。太腿《ふともも》をもじもじと擦り合わせて、淫らな感覚に耐えようとすればするほど、身体が熱く昂《たか》ぶっていく。

乳首の方に神経が集中してしまい、ヴェネディクトに舌を好き放題に吸われたり甘噛みされたりして、拒むことも忘れていた。

口づけの与える興奮で、溢れた唾液が唇の端から溢れてきても気にしている余裕もなかった。

ヴェネディクトは顎まで伝ったフローレンスの唾液を、啜り上げた。

そして濡れた熱っぽい眼差しで見つめてくる。

「そんな色っぽい目で見られたら、誘われているようで、男はひとたまりもない」

「え、ぁ、そんな……」

自分がどういう表情をしているのかわからず、狼狽《うろた》える。

ヴェネディクトこそ見たこともないような艶かしい表情だ。凶暴な熱を孕《はら》んでいるのに、ひどく蠱惑的で、美しい猛獣のようだ。

「すっかり乳首が勃ち上がってしまったな」

「ん、んんぁ、んんん……」

「舐めてやろう」

「ん？　え？」

言葉の意味が頭にきちんと入ってくる前に、ヴェネディクトの頭が乳房に寄せられた。

服地越しに、ざらりと濡れた舌が乳首を舐めた。

「あっ、あぁんっ」

びくんと腰が浮いた。

痺れる愉悦が太腿の狭間《はざま》の恥ずかしい箇所を直に襲ってきた。

唾液で濡れた服地がぴったりと乳首に張り付き、恥ずかしい形をくっきりと浮かび上がらせる。ヴェネディクトはそこをかしりと甘噛みした。

「つうっ、いっ……ぁ」

思いがけない痛みに、背中を仰《の》け反《ぞ》らせると、ヴェネディクトがフローレンスの反応を窺うようにわずかに顔を上げる。

「強かったか？　すまぬ、加減がわからず」

彼は舌を出すと、じんじんと疼く先端を舐め回してきた。

「……ぁ、や、ぁ、あぁ、ぁ……」

舌先でくりくりと抉《えぐ》るように乳首をもてあそばれると、はっきりと性的快感とわかる熱が下腹部に溜《た》まっていくのがわかる。

ちゅうっと乳首を吸い上げられた。

「ああっ、あ、あ?」

腰が震えて痺れる。秘所がひくつき、なにかがとろりと溢れてくるような淫らな感覚が全身をさらに甘く溶かしていく。

頭の中がぼうっとして、媚肉がきゅんきゅん収縮して、腰がもどかしげにうごめくのを止められない。

「は、ぁ、だめ、もう……やめて、くだ、さい……ぁ、ぁあ……」

恥ずかしい鼻声が止められず、ひっきりなしに漏れてしまう。

「可愛い声が出たな──直に、舐めてあげよう」

ヴェネディクトは低い声でつぶやくと、ドレスの深い襟ぐりに手をかけ、一気に引き下ろしてしまった。

「きゃあっ」

素早くコルセットの前紐が解かれ、緩んで左右に開いたそれの間から、乳房がふるんとまろび出た。

外気に触れた肌がざわっと粟立《あわだ》った。

「あっ、やだっ」

フローレンスは恥ずかしさのあまり、両手で胸元を覆い隠そうとした。

「隠すな」

ヴェネディクトが断固とした声を出し、片手でフローレンスの両手を掴み、頭の上で一纏《ひとまと》め
に押さえ込んでしまった。

彼はまじまじとフローレンスの乳房を凝視した。

緊張で浅くなった呼吸に合わせて、まろやかな乳房が上下して小刻みに揺れる。

「なんと——美しい——初物の桃の実のようだ」

「や、見ないで、やぁ……」

剥き出しの乳房を異性の目に晒《さら》すなど、生まれて初めてのことで、恥ずかしくて、ヴェネディクトの顔をまともに見れず、うろうろ視線を彷徨《さまよ》わせる。

それよりもっと恥ずかしいのは、ヴェネディクトに見られているだけで、なぜかさらに乳首がきゅううんと硬く凝ってしまうことだ。

触れられてもいないのに、視線を感じるだけで乳首がジンジン疼いてどうしようもない。そんな淫らな反応をする我が身が恥ずかしくていたたまれない。

「純白の肌に、乳首が赤い茱萸《ぐみ》の実のようだ」

「い、言わないで……そんなこと……っ」

「とても美味《うま》そうだ」

ヴェネディクトが熱いため息をつき、端整な顔を乳房の狭間に埋めてきた。

「ぁ、ん」

ひんやりした硬く高い鼻梁が、すりすりと乳肌を擦るのが気持ちいい。

思わずうっとりと目を閉じると、やにわに胸の小さな突起を咥え込まれた。

「ああっ、あ、あぁ」

痺れる愉悦が背中から脳芯まで駆け抜け、フローレンスは背中を弓なりに仰け反らせて喘いでしまう。

布越しに舐められるより、滑らかに舌が動く分、何倍も心地よかった。

「ああ、ここも甘い――」

ヴェネディクトは感に堪えないようなため息を漏らし、濡れた唇で乳首を挟み込み、熱い舌先でねっとりと舐め上げてくる。

「く、ふ……ぁ、だめぇ、そんなに舐めちゃ……あ、あぁ、や……ぁ」

身体中が熱く疼き上がって、もう悩ましい鼻声を止めることが我慢できない。

ちゅっちゅっと音を立てて交互に乳首を吸い上げられると、鋭い快美感が子宮の奥の方に走り、強い尿意にも似た感覚が襲ってくる。その感覚がどんどん強くなり、意識しないのに内壁が強くイキんで、つーんとした愉悦を勝手に生み出してしまう。

「あふぁう、あぁ、吸っちゃ……吸ったら、だめぇ……」

フローレンスはいやいやと首を振った。

隘路《あいろ》に経験したことのない官能の飢えが襲ってきて、やるせなく追い詰めてくる。

ここに何かしてほしい。

そんな淫らな欲求が口をついて出そうになり、必死で唇を引き結んだ。

ヴェネディクトの舌は執拗《しつよう》にねちっこく、繰り返し上下に乳首を舐める。ときおり前歯を立てて軽く痛みを与え、再び優しく舐め回す。

「はぁ、は、はぁ、や、も、もう……あぁ、もう、やぁあ……」

多彩な舌の動きに、初心《うぶ》なフローレンスの肉体は翻弄されてしまう。

下肢に溜まっていくせつない疼きに、身体が波打つ。

「感じているあなたの顔は、とても可愛い」

ヴェネディクトは時々フローレンスの反応を見ながら、繰り返し乳首を責め立てた。

「んぅ……あ、あぁ、もう、そんなに、しちゃ……だめぇ」

抵抗しようにも、全身が痺れて力が入らない。

心地よくてせつなくて、目尻から生理的な涙が溢れてくる。

そして、一番疼く箇所がどんどんぬるついてくる気がした。

なんでそんなことになるのかもわからないで、太腿を擦り合わせてやり過ごそうとした。

すると、ヴェネディクトは片手でスカートを大きく捲《まく》り上げた。

「あっ」

下肢が晒され、身が竦む。

ヴェネディクトの手が、ゆっくりと小さな膝頭から太腿に向かって撫で上げてくる。

そのいやらしい動きに、ぞわぞわと背中が震える。

「そこが、疼くか?」

大きな手がじりじりと這い上ってくる。核心部分へ。

ドロワーズの裂け目から、節高な指が潜り込んだ。

「あっ、やめ、て、そこはっ……」

薄い若草を搔《か》き分け、節くれだった指が割れ目に触れてくる。

驚いて腰を引こうとしたが、両手首を纏められヴェネディクトの巨体にのしかかられていて、びくとも動けなかった。両足をわずかにじたばたさせると、ヴェネディクトが顔を上げて笑みのようなものを浮かべた。

「もっと舐めてやろう」

彼は見せつけるように舌を大きく突き出し、再び乳房に顔を埋めてきた。

疼き上がった乳首をちゅっと吸われると、鋭い快感が下腹部を襲う。

「だ、め、吸っちゃ……あっ」

身じろぐと、性器に触れていた指がそろりと割れ目を撫でた。

擽ったいような疼くような未知の感覚に、両足が強張る。

ヴェネディクトは乳首を舐めしゃぶりながら、割れ目をゆっくりと上下に往復する。

「やめ、て、そんなこと、あ、ぁ、ぁあ……」

胸と性器を同時にいじられ、どちらに気を持っていっていいのか混乱する。

そのうち、割れ目を撫でる指がぬるっと滑った。同時に、もどかしい疼きがはっきりと秘所に溜まっていくがわかった。

「濡れてきた」

ヴェネディクトが嬉しげな声を出す。

「ぬ、濡れ……？　ん、ぁ、あ……？」

いつの間にか秘裂がじっとりとなにかで濡れてしまっている。ヴェネディクトの指の動きが滑らかになり、捩り合わさった花弁が綻んで指が蜜口に侵入してきた。

「やあっ、だめぇ、ヴェネディクト様、そんなところ……ぁ、う、んんっ……」

割れ目が開かれると、なかからとろりと蜜が溢《あふ》れ出てくるのがわかった。

「熱くて、濡れているな」

ヴェネディクトが独り言のようにつぶやき、蜜口の浅瀬を指で掻き回す。

ぞわぞわした悪寒のような痺れが腰に走り、恥ずかしいのに心地よいと感じてしまう。その感覚に混乱して、いやいやと首を振った。

「だ、め、あ、ぁ……ぁあ、あ……」

腰が勝手に猥りがましくうねり、やめて欲しいのにもっとして欲しいという矛盾した欲求がフローレンスの頭の中でせめぎ合う。

「感じているのだな、フローレンス」

ヴェネディクトが響きのいいバリトンの声でささやく。

その声色はダメだ。反則だ。腰骨に響く。なんだかさらに秘所が濡れてくる気がする。

「わ、たし……っ……あ、ぁ、んんぅ……」

ヴェネディクトが指をうごめかすたびにくちゅくちゅと卑猥《ひわい》な水音が響き、フローレンスの頭は羞恥で煮え立ちそうだった。

いつの間にか指が二本に増やされていて、フローレンスの無垢《むく》な陰唇を押し広げるように撫で摩《さす》る。

「あっ、あ、いやぁ、だめ、あ、指……あ、だめぇ……」

自分でも触れたこともない恥ずかしい箇所をいじられているのに、心地よいと感じてしまう。隘路の奥がわなないて、やるせなくていたたまれない。

これ以上触れられていると、おかしくなってしまいそうで恐ろしい。

「も、もう……やめ、て……だめ、やめて、ください……っ」

太腿をぎゅっと閉じ合わせ、ヴェネディクトの指を拒もうとした。

「まだだ。ここは、どうだ?」

ヴェネディクトの濡れた指が、割れ目の上をまさぐり、なにか引っかかるような突起物をぬるっと撫でた。びりっと痺れるような鋭い喜悦が胎内を駆け抜け、フローレンスはびくんと大きく腰を浮かせてしまう。

「ひっ、あ?　あっ、ああっ?」

一瞬の強烈な刺激に、下肢が蕩けてしまうかと思った。

「ここだな?」

ヴェネディクトは見つけたばかりのフローレンスの一番感じてしまう秘玉を、ぬるぬると転がした。

びりびりと雷にでも打たれたような激烈な愉悦が繰り返し襲ってくる。

「ああっ、やだ、そこ、やあっ、だめぇぇえっ」

フローレンスは目を見開き、恐ろしいほどの凄い快感に、全身をおののかせた。

「だめではない。悦いのだろう?」

乳首を舐め回しながら、ヴェネディクトは時折フローレンスの反応を窺うように顔を上げる。

その間も、花芽をいじる指の動きは止まらない。

ものすごく気持ちいい、でも怖い、やめて欲しい。

自分が自分でなくなりそうだ、やめて、でも、やめないで――。

「や、め……ぁ、あぁ、や、あ、こんなの……は、はぁ……あぁ、ひあぁ……っ」

下肢の強張りが解け、両足が緩んでしまう。もっとして欲しげに、腰が突き出してしまう。

生まれて初めて知る官能の悦《よろこ》びに、フローレンスは我を忘れてしまう。

「……だめ、痺れて……あぁ、やだ、もう、いやぁ……」

隘路からとろとろはしたない蜜がとめどなく溢れてくる。

小さな突起の生み出す恐ろしいほどの快楽は、子宮の奥をつーんと痺れさせる。

そして、隘路がひくひくとわななきだす。

何かでそこを埋めてほしいという欲求が迫《せ》り上がってくる。

でもそんな恥ずかしいことは、口にはできない。

「おね、がい……もう、やめ……おかしく、なって……へんに……」

フローレンスは涙目でヴェネディクトに訴える。

「奥が、きゅうきゅうしている――指を引き込むぞ」

ヴェネディクトは秘玉を親指で撫で回しながら、媚肉の狭間にぬくりと中指を押し込んできた。

「ああっ、あ？　指、挿入《い》れちゃ……だめぇっ」

胎内に異物が侵入してくる感覚に、背筋が震えた。

でも突起を優しく撫で回されているから、その強い快感が恐怖心を薄れさせた。

それにしとどに濡れているせいか、太い指は案外すんなりと隘路に侵入してくる。

「狭いな——だが、よく濡れている」

ヴェネディクトが独り言みたいにつぶやく。

ぐぐっとさらに指が押し入り、内側から押し広げられるような感覚に、喉の奥がひくりと鳴った。だが、ヴェネディクトの言う通り、濡れているせいかさほど苦痛ではない。

「そら、一本挿入《はい》ったぞ」

「あ、ぁ、ああ……」

中指を根元まで突き入れたヴェネディクトが、嬉しげな声を出す。その指が、ぬくりと抜け出ていき、不可思議な喪失感に怖気《おぞけ》が走る。

「もう一本、挿入るか？」

今度は人差し指と中指を揃《そろ》えて挿入された。めいっぱい処女腔を埋め尽くされ、フローレンスは息を呑んだ。

「ひ、あ、あ、いっぱい……あぁ、だめ、あ、や、やぁあ……」

身震いすると、膣壁がきゅっと収斂《しゅうれん》し、指を締め付ける。その硬い感触に、内壁に重甘い快感がじわっと生まれた。

「二本挿入ったな。しかし、狭いな」

ヴェネディクトがそろそろと指を引き抜き、再び押し込まれる。異物が出入りする感触に、腰がびくびく跳ねる。

怖い、怖い、胎内を異物で犯される感覚に怯える。

「ひ、んん……」

身をわずかに起こしたヴェネディクトが、フローレンスの表情をじっと見る。

「痛いか?」

「い、痛く、は……ないです……けど……」

正直に答えると、ヴェネディクトはゆっくりと指の抜き差しを始める。

「あ、あぁあ、だ、め、指、うごかしちゃ……ぁ、あぁ……ぁ」

奥まで指が届くようで、怖い。なのに、どこか奥の部分に指先が当たると、ぐちゅりと新たな蜜が吹き出してくる。

「狭いからな——少しでも広げよう」

「ひ、広げ……る、の?」

「そうしないと、本番が辛いだろう」

「ほ、本番……」

ぼうっとおうむ返ししてしていたが、本番の意味を直後に悟り、かあっと全身が熱くなった。

「ここまで、挿入《い》れても？」

ぐぐっと最奥の方まで指が押し入る。きしきしと軋《きし》むような痛みが走る。

「んっ、ちょっと、痛い……です」

「痛いか、そうか」

指が少し抜けていく。

「ここは、どうだ？」

「んん、痛く、ない、です……」

「そうか」

隘路の中程で、指でぐるりと掻き回された。

ぷしゅりと蜜が吹《ふ》き零《こぼ》れる。

「ひゃっ、あ、だめぇ、掻き回しちゃ……っ」

「大丈夫だ」

なにが大丈夫かわからないが、ヴェネディクトはその位置でぐちゅぐちゅと指を出し入れする。次第に、そこに重苦しい愉悦が溜まっていく。

「あ、あぁ、あ、だめ、あ、ぁ……なんだか……あぁ、はぁ、ぁあ」

秘玉をいじられるのとは違う、快感が加算されていくような感覚に、フローレンスは甘い悲鳴を上げる。

「だ、だめ、そんなにしちゃ……ぁ、あぁ……はぁ、はぁあ、んん……」

「いい声が出てきた。気持ち、いいか？」

「や、あぁん、あぁ、あぁんん……」

「気持ちいいか？　フローレンス？」

「や、そんなこと……」

「これは、鍛錬だろう？　あなたの感じる部分を把握したい」

生真面目な声でそう言われ、すでに理性が半ば蕩けているフローレンスは、口ごもりながらも素直に答える。

「んん、き、もち、いい……」

「もう少し速くするぞ」

ヴェネディクトはぐちゅぐちゅと愛液が泡立ちそうなほど激しく、指を抜き差し始める。

下腹部に溜まっていくせつない愉悦が、どんどん膨れ上がっていくようだ。

「あ、あぁ、んんぅ、そんなにしちゃ、あ、だめぇ、あぁあ、ぁあぁん」

意識が飛んでしまいそうな感覚に怯え、フローレンスは思わず目をぎゅっと瞑った。

「気持ち、いいか?」

「……んふぁ、あ、あぁ、い、いい……です」

「これはどうだ?」

指を出入りさせながら、くりっと秘玉を抉られた。

閉じた瞼《まぶた》の裏で、赤い官能の火花が散った。

「ひぁあっ、あ、あ、や、それだめ、あ、あぁ……だめぇっ」

脳芯まで突き抜ける愉悦にがくがくと身体が痙攣《けいれん》して、自分で止められない。

「いいのか? 気持ちいいのか?」

悩ましく低い声にすら甘く感じ入る。なにかの瀬戸際に追い詰められていく。

フローレンスは、無意識に甘く泣き叫んでいた。

「いいっ、あぁ、きもち、いい、いい……いいのぉ……っ」

「これは?」

やにわにぐぐっと奥を突き上げられ、頭が真っ白になり喉が開くような感覚に襲われ、ひゅうっと声が出た。

瀬戸際のところから、快楽に突き落とされるような感覚に襲われる。

「だ、めぇえええっ」

足先にぎゅうっと力がこもり、下肢がぴーんと伸びた。

すうっと意識が飛んだ。

「達《い》ったか？」

どこか遠くでヴェネディクトの艶めいた声がする。

いく、いくって、どこへ？

そうぼんやりした頭の隅で考えたが、すぐに思考が薄れた。

ふわふわと快楽に包まれて魂がどこかに飛んでいく――。


「いかん、やりすぎてしまったか」

感じすぎて失神してしまったフローレンスの小さな身体を抱き上げ、ヴェネディクトは慌てて寝室へ向かった。

ベッドの上にそっと彼女を下ろし、乱れた服装を整えてやる。

「ん……」

フローレンスが目を閉じたまま小声で呻《うめ》く。まだ意識が戻らないようだ。

「――」

ヴェネディクトはベッドの端に頬杖《ほおづえ》をついて、薔薇色に染まったフローレンスの顔をまじまじと見つめた。

見つめているだけで、胸が熱く高鳴る。

可愛い。可愛すぎる。

顔も手も足も、どこもかしこも小さいのに、完璧に美しく整っている。

腕の良い彫刻師が作り上げた芸術品のようだ。

ヴェネディクトはそっとため息をついた。

鍛錬などと偉そうなことを言ったが、本当は自分を律するための苦肉の言葉であった。

そうでもしないと、すぐにでもフローレンスを押し倒し、めちゃくちゃに抱き潰してしまいそうだった。

騎士の矜持《きょうじ》がぎりぎりでその衝動を押しとどめたのだ。

やっと手に入れた。愛しい乙女を。

壊したくない、嫌われたくない。

不器用なヴェネディクトには、貴婦人を喜ばせるような調子のいい会話も、応対もできない。

どうしたら、この繊細で初心な乙女の気持ちを惹《ひ》きつけることができるのだろう。

悩ましい——ヴェネディクトは髪の毛に手を突っ込み、くしゃくしゃと掻き回す。

十年——フローレンスを想い続けてきた。


——十年前。

ヴェネディクトは妻となるはずの女性に、結婚式当日駆け落ちされ、内心大いに落ち込んでいた。

あの頃は、結婚に愛や恋など関係ないと思っていた。身分や容姿に問題のない女性と形式的な見合いをし、即結婚を決めた。

当時のヴェネディクトには、王弟という立場上、結婚をするべきだという義務感があった。というのも、敬愛する兄国王は相思相愛だった王妃に早世されて以来、もとからすぐれなかった健康状態が悪化し、寝込むことが多くなったからだ。国王夫妻の間には子どもがいなかった。兄国王を支え、政務をまっとうするために、早急に結婚して子を成すことが必要だと思っていた。

おそらくヴェネディクトのそういう冷めた態度が、相手の女性の気持ちを他の男性に走らせたのだろう。

ヴェネディクトは相手の女性の名誉のためには、結婚が破談になったのは自分の方に問題があったという建前にした。

そのために、前々からあらぬ風評をいろいろ立てられていたヴェネディクトに、さらに悪評がまとわりつくこととなる。

しかしもともとヴェネディクトは、自分の風貌の恐ろしさから湧いてくる根も葉もない風評には興味がなかった。騎士は寡黙であるべきという信条もあり、噂を放置していた。

あれは、遠征からの帰りのことだった。

自軍に野営の準備を命じ、ヴェネディクトは一人近くの森へ分け入った。

夕食の獲物をなにか狩れるかもしれないと思ったのだ。

その時、森の奥から熊の咆哮《ほうこう》と少女の悲鳴が聞こえた。

馬を飛ばして駆けつけ、熊が少女に襲いかかる寸前で追い払った。

木の下にうずくまった少女は白いドレスを着ていてとても小さく儚げで、まるで森の妖精のようだった。なるだけ怖がらせないように声をかけたが、もとより地声が大きい。大抵の女性は、ヴェネディクトが普通に喋《しゃべ》っているだけなのに、びくびくと怯えてしまう。

しかし、少女はヴェネディクトを恐れなかった。

こちらを見上げる顔は手のひらに乗るくらいに小さいが、愛らしくしかも凛《りん》としていた。

少女はヴェネディクトの腕の傷を見て、とても心配してくれた。わざわざ自分のドレスを破って包んでくれたのだ。

その瞬間、ヴェネディクトは経験のない甘酸っぱい感情が胸に満ちるのを感じていた。

少女がその日が誕生日で、白いハナミズキの花を摘みに来たと知った。

高い梢《こずえ》に一輪だけ開いていた花を折り取り、少女に渡してやった、
少女は満面の笑みで受け取る。眩しすぎる笑顔に言葉を失う。

ヴェネディクトはその白桃のようなすべすべした頬に触れてみたい衝動にかられた。

だが、相手は幼い少女だ。

我に返って、慌てて馬に乗って去ろうとした。

少女は最後に名乗った。フローレンス・ニールソン、と。

その名前は、ヴェネディクトの心に深く刻み込まれた。

城に戻ってからも、ヴェネディクトはフローレンスの面影が忘れられなかった。

一時は自分は少女趣味なのか、と悩みもした。

だから、フローレンスの成長を待ったのだ。あの少女は、どのような乙女に成長するだろうか。年頃になった彼女に会いたかった。

以来、ヴェネディクトはひたすら兄国王の補佐役として政務に打ち込んだ。

他の女性になど見向きもしなかった。持ち込まれるお見合いは、一蹴した。

密《ひそ》かにフローレンスの周囲に使いを送り、彼女の成長と動向を探らせていた。画家を送り込み、成長するフローレンスの肖像画も手に入れた。

年ごとに、フローレンスが匂い立つような乙女に成長していくのがわかり、ヴェネディクトの思慕は高まるばかりだ。

自分の信条には外れているが、王家の権力を駆使した。年頃のフローレンスに接近してくる男性たちは、恫喝《どうかつ》や脅迫めいた手を使って、ことごとく排除した。

他の男には、彼女に指一本触れさせたくない。

だから、フローレンスが結婚できる十七歳の年になると、兄国王に働きかけて彼女とのお見合いを手回してもらった。

その時初めて、ヴェネディクトは自分のいかつい容姿と、野放しにしていた悪評に気がついた。

「邪神の王弟殿下」と結婚したがる乙女がいるだろうか？　女性を喜ばせるお世辞も会話も苦手だ——これでは到底フローレンスに好かれないではないか？

ようやく再会したフローレンスは、想像以上にたおやかで初々しく美しい乙女に成長していて、ヴェネディクトは感動しつつも、緊張がさらに増していっそう寡黙になってしまう。

重苦しい沈黙ばかりが二人の間に続き、内心なんとかこの雰囲気を打破せねばと、気持ちだけが焦っていく。

ここは素直に自分の想いを打ち明けるべきだろうと、心に決めた直後だ。

なんとフローレンスが、想い人がいると切り出したのだ。

衝撃的な告白をされ、ヴェネディクトは激しく動揺した。

逃げ出していくフローレンスの背中を呆然と目で追いつつ、足元から絶望感が込み上げてくる。

フローレンスが好意を寄せているという男に、今すぐにでも決闘を申し込みたいほど感情が荒ぶった。だが、そんなことをしたらますますフローレンスに嫌われてしまう。

諦めきれない。どうすれば、この気持ちを伝えられるのだろう。

とにかく、ここは強引にでも彼女と婚約を果たし、その後じっくりと自分の真心をわかってもらうしか手立てがない。苦肉の策であった。

フローレンスの心の中の好意度が、二番目でも百番目でもいい。とにかく、婚約だけでも受け入れてほしい。その時、兄国王が助け船のように自分に口添えしてくれ、彼女はやっと婚約を承諾した。

そして、彼女との初めての口づけは、信じられないほど甘美で、天にも昇るような気持ちだった。

だが、いたいけなフローレンスが、祖国愛と兄国王への敬意からこの婚約を了承したことがとても辛い。どうしたら、フローレンスに好かれることができるのだろう。

彼女の想い人が妬ましく、羨ましく、ヴェネディクトは生まれて初めて嫉妬という感情を知ったのだ。

「フローレンス、私の愛しい乙女」

ヴェネディクトは口の中でつぶやく。それだけで心臓が高鳴り、柄にもなく照れてしまう。

これまで、政治にも軍事にも、誰にも引けを取らない才があると自負していた。

だが、こと恋愛に関しては、まるで初心な少年のように奥手になってしまう。

フローレンスへの愛しい気持ちだけが、心の中でどんどん膨れ上がっていく。

悶々《もんもん》としながら、ヴェネディクトはいつまでもフローレンスの寝顔を見つめていた。

第三章　ちぐはぐな二人の想い

「……ぁ」

夜明けごろに、ふっと目が覚めた。

巨大なベッドの上に、一人ポツンと寝ている。

寝室の中は窓にぴったりとカーテンが下りて、暖炉の熾火《おきび》だけがうすらぼんやりと明るい。

侍女たちがしたのか、いつの間にか真新しい寝巻きに着替えさせられていた。

「私……?」

寝起きの頭が次第にはっきりしてきて、ヴェネディクトの舌や指で、初めての官能の悦びを教えられて、あまりに感じ入って気を失ってしまったことを思い出す。

思い出すと、あんなによがって猥《みだ》りがましい声を上げたりして、羞恥に顔から火が出そうになる。

半身を起こして、きょろきょろ見回す。この巨人の使うようなベッドは、ヴェネディクトのものだろう。

だが、肝心のヴェネディクトの姿はなかった。

フローレンスは高いベッドから慎重に下りて、ゆっくりと扉に向かった。

音を立てないようにして扉を開け、次の間をのぞいてみる。

応接間の大きなソファの上に、ヴェネディクトが長々と横になって寝ていた。

「ヴェネディクト様……？」

特大のソファなのだが、長い足が肘掛けからはみ出している。

上着を脱いで、はだけたシャツから筋肉が盛り上がったたくましい胸が覗いている。

小卓の上の銀の燭台《しょくだい》の蠟燭《ろうそく》が一本だけ点《つ》いていて、ちらちらとヴェネディクトの彫りの深い顔を照らしている。

そして、周囲に彼が拾って来たという動物たちがぐるりと囲んで眠っていた。

フローレンスの気配に、数匹の犬や猫が顔を上げてこちらを見た。そして、かすかに声を上げる。

「しぃー」

フローレンスが唇に指を当てて静かにするように仕草をすると、彼らは素直におとなしくなった。どういうわけかフローレンスには、彼らは敵意を見せないようだ。

動物たちに取り囲まれてこんこんと眠っているヴェネディクトは、まるで神話に出てくる森の守り神の化身みたいだ。

そこには、起きている時に身にまとっている厳格な雰囲気は皆無だった。

フローレンスは足音を忍ばせてソファに近づき、ヴェネディクトの顔を覗《のぞ》き込《こ》む。

かすかに唇を開いて眠っている姿は無防備で、いつもの険しい雰囲気がなくて親しみやすい感じだ。端整な顔に走る傷跡も、彼の美貌に色を添える紋様のように見える。

こうやって寝顔を盗み見るという背徳的な行為に、心臓がドキドキする。

胸の上に無造作に置かれた手を見ると、身体を愛撫された時の感触が生々しく蘇《よみがえ》り、身体が熱くなってくる。

いやらしくて恥ずかしいことをされたのに、少しも嫌悪感がなかった。

夫婦になる鍛錬だからか。いや——違う。

フローレンスはさらにヴェネディクトに近づき、寝乱れた黒髪にそっと触れた。

指先を撫でるさらさらした感触に、ぞくっと腰が震える。

この人を、どんどん好きになっていく。そう強く想う。

でも、ヴェネディクトの方は同じ気持ちではないだろう。

この人は国王陛下への尊敬と義務感で、フローレンスと結婚したいだけなのだ。

生真面目で堅苦しいヴェネディクトは、誠意を持って接してくれる。それだけだ。

なんということだろう。

いつの間にか、フローレンスは「邪神の王弟殿下」に片想《かたおも》いをしているのだ。

こんなせつない気持ちを抱いて、夫婦になるのか。それでいいのか。

フローレンスはヴェネディクトの寝顔を見つめながら、千々に乱れる想いで胸が掻《か》きむしられるようだった。


その日から、フローレンスは王弟ヴェネディクトの婚約者として、当分王城に住まうこととなった。

実家のニールソン伯爵家にその旨を連絡すると、王弟殿下との婚約が成立したことに家族は狂喜乱舞した。そして、一も二もなく快諾された。母などは、急ぎ手紙をフローレンスに寄越《よこ》し、

「王弟殿下に好かれるように努力し、我が家の名誉のためにも必ず結婚まで進むのです。こうなったら、もう一線を越えてもかまいません」

などと、かなり扇情的に鼓舞してきた。

ヴェネディクトの部屋に一番近い貴賓室が、急遽《きゅうきょ》フローレンスの当面の住まいと決められる。

ルイーゼがフローレンス担当の侍女長となり、世話をしてくれることになった。

かくして、王弟ヴェネディクトと伯爵令嬢フローレンスとの婚約生活が始まったのである。


その後半月ほどは、判で押したような日々を過ごした。

朝は各自の部屋で身支度を整えてから、ヴェネディクト専用の食堂に赴き、一緒に朝食を摂《と》る。ヴェネディクトが政務に出た後は、フローレンスはルイーゼに城内を案内してもらったり、天気のいい日は内庭を散歩したり、膨大な書物が貯蔵されている王家の図書室で面白そうな本を選んだりした。道具を運んでもらって刺繍《ししゅう》をしたり、ピアノを弾いたりして過ごすこともある。ヴェネディクトの飼育している動物たちは、動物好きなフローレンスにすっかり懐《なつ》いてしまったので、彼らと戯れることは楽しかった。そして、夜はヴェネディクトの寝室に赴き、夫婦になるための鍛錬を積むのである。

ベッドでの彼の愛撫はとても丁重で細やかで巧みだ。

初心なフローレンスの身体は、素直に快楽を受け入れ、それが夜毎に悦《よ》くなっていく。睦《むつ》み合うことがこんなに気持ちのよいことなら、結婚するのも悪くないとつい猥りがましい本能に従いそうになるほどだ。

フローレンスが感じ入り、極めてしまうまでヴェネディクトは舌や指で丁重に愛撫をしてくれる。そして、これ以上はもうダメだと思うくらいくたくたになると、フローレンスをベッドに残し、ヴェネディクトは隣室のソファに休みに去っていく。

それは、最後の一線を越えまいとするヴェネディクトの気遣いだ。

そういう時、フローレンスは思わず呼び止めて、一緒に休もうと誘いたくなる。

官能の悦びが深まるたびに、ヴェネディクトへの恋情もせつなく高まり、肉体と心の乖離《かいり》に悲しい気持ちになってしまうのだ。

だが、相変わらずヴェネディクトとの会話は弾まない。

彼のしかつめらしい態度に変化はないのである。


雨季に入り、毎日鬱陶《うっとお》しい雨の日が続く。

フローレンスはお気に入りの、王城の花園での散歩や夜の星空で流れ星を眺めることができず、少しだけ鬱々としていた。

そんな折、朝食の席で先に食事を終えたヴェネディクトが、例によって堅苦しく切り出す。

「フローレンス、なにか生活に足りないものはないか?」

「足りないものですか?」

「うむ。なんでも要望にお応えする」

その事務的な言い方に、フローレンスは思わず、あなたの愛が足りません、と口走りそうになり焦った。

「なにかあるだろうか?」

ヴェネディクトが生真面目に返事を待っている態度が、逆にしゃくにさわってしまった。天気が悪くて、イライラしているせいだろうか。

「では――私、今夜流れ星が見たいです」

ヴェネディクトの眉が片方吊《つ》り上がる。彼が困惑したように言う。

「星空か?――だが今は、我が国は雨季で、今夜も雨空であろう」

フローレンスは紅茶のカップの縁《ふち》を指でいじりながら、思わず口走ってしまった意地悪な発言を恥じて顔を赤らめた。

「いいんです、言ってみただけですから。ヴェネディクト様、お気になさらずに、公務にお出かけください」

「うむ――」

ヴェネディクトは視線を合わせようとしないフローレンスを、気にするようなそぶりをしながら席を立った。

背筋をしゃんと伸ばしたヴェネディクトの背中を見送りながら、フローレンスは自分の想いが通じないからとこんなわがままなことを言っていたら、彼に愛想をつかされてしまうかもしれないと思う。

でも、もしかしたらその方が気持ちの整理がつくかもしれない。

ヴェネディクトから婚約解消を切り出してくれれば、きっぱりこの恋心を諦められるかもしれない。

国王陛下への敬意と忠誠心から承諾した忠義婚約だったはずなのに。こんなに本気になってしまうなんて――。

フローレンスは窓を叩く雨音に耳を傾けながら、そっとため息をつく。

その日は一日中、しとしとと雨が降り続けた。

その晩である。

いつものように寝巻きにガウンを羽織り、ルイーゼに手を取られてヴェネディクトの寝室に向かおうとした。

すると、普段は後から寝室に現れるはずのヴェネディクトが、扉の前で腕組みして立っていた。公務の軍服姿のままで、しかも雨に濡れて泥まみれである。野外演習にも出たのだろうか。でもなぜ、そんな格好のまま待ち受けているのか。

「まあ、殿下どうなさいました?」

ルイーゼが驚いたように立ち止まる。

フローレンスもただならぬヴェネディクトの様子に、目を見張った。

ヴェネディクトはぎろりとこちらを睨むように見ると、

「ルイーゼ、ご苦労。もう下がるがいい」

と口早に言った。

ルイーゼはフローレンスの手を離すと、素早く一礼する。

「かしこまりました」

そのまま引き下がって行こうとするルイーゼを、フローレンスは心細さに呼び止めようとした。

「あ、ルイーゼ……」

振り返ったルイーゼは、意外なことにニコニコしていた。

「フローレンス様、ご安心なさいませ。ああいう態度の時の殿下は、ものすごく緊張なさっているだけですのよ」

「え、そ、そうなの？」

ヴェネディクトが幼少の頃から仕えているルイーゼの言葉なので、信ぴょう性はある。まだ城に来て日の浅いフローレンスには、ヴェネディクトの無愛想な表情の機微が読み取れないのだ。

恐る恐るヴェネディクトに近づく。

「ヴェネディクト様、先にお着替えをして、湯浴《ゆあ》みをなさってはいかがですか？」

そう勧めたが、ヴェネディクトは首を振る。

「まず、あなたに見せたいから」

「な、何をですか？」

「これだ」

ヴェネディクトがやにわに寝室の扉を開き、フローレンスの背中をそっと中へ押しやる。

「あっ？」

フローレンスは思わず声を上げてしまう。

灯《あか》りを完全に落として真っ暗な寝室の中に、無数の黄金の光の玉が飛び交っていたのだ。

すーっすーっと流れては消える光は、まるでたくさんの流れ星のようだ。

幻想的な光景に、フローレンスは声を失って見惚れていた。

「……なんて、綺麗……」

背後にぬっと立ったヴェネディクトが、色っぽい小声で言う。

「蛍を集めた」

「蛍……」

「郊外の川岸に、蛍の生息地がある。それを集めに行った」

フローレンスは振り返って、まじまじとヴェネディクトを見上げた。

「もしかして、ヴェネディクト様ご自身が、採集なさったのですか?」

暗がりでヴェネディクトの表情は見にくいが、目元が赤らんだようだ。

「こんな個人的なことを、部下には命令できぬ。公務を大急ぎで済ませ、ぎりぎりまで採集していて、あなたが来る時間になんとか間に合った」

「……」

「中へ入ろう」

ヴェネディクトがフローレンスの手を取り、扉を閉めて寝室の中へ導く。

二人は神秘的な光の乱舞に包まれて立ち尽くす。

フローレンスは美しい夢の中にいるような心持ちになる。

「星空の代わりになったろうか?」

ぼそりとヴェネディクトがつぶやく。

フローレンスは胸がずきんと痛んだ。

ヴェネディクトは生真面目に、フローレンスの要望を果たそうとしたのだ。

がたいのいい身体で濡《ぬ》れ鼠《ねずみ》になりながら、蛍を集めているヴェネディクトの姿を想像し、微笑ましいやら物悲しいやらで、心が乱れる。

「私が、あんなわがままなことを言ったのに……ごめんなさい」

しゅんとして声を詰まらせる。

「あなたの要望は全て叶《かな》えると言ったからには、遂行する」

ヴェネディクトがきりっとした声で言い、続けて少し気遣わしげになる。

「気に入ったか?」

「もちろんです!」

フローレンスは思わずぎゅっとヴェネディクトに抱きついてしまう。

「ああ、最高に素敵です!　星空より綺麗です。こんな美しい光景、初めて見ました」

感極まって抱きついてから、彼の軍服がびしょ濡れなことに気がつき、ハッとする。

「このままではお風邪を召してしまいます。まずは湯浴みをなさってください」

ヴェネディクトの腕を引っ張り、浴室に連れて行こうとした。

「かまわぬ。あなたは蛍を鑑賞していろ」

「私のわがままのせいで、ヴェネディクト様に迷惑をかけることなんてできません。お礼になんでもしますから、さあ、来てください」

ぐいぐいと浴室に導くと、ヴェネディクトは案外素直についてきた。脱衣場に彼を立たせ、フローレンスは上着の釦《ぼたん》をどんどん外していく。

「早く、濡れたものは脱いでください」

「うむ」

フローレンスに急かされ、ヴェネディクトはいいなりに衣服を剥《は》がされていく。

上半身を裸にしてから、フローレンスはやっと我に返った。心配のあまり、男性を裸に剥いてしまうところだった。

「あ、あとはお一人でなさってください」

真っ赤になってくるりと背中を向けた。

「ここまでしてくれたのだから、最後までしてくれ」

ヴェネディクトが生真面目な口調で言う。

「や、いいえ、はしたないことをしました」

「してくれぬと、このままだぞ」

断固とした感じになる。自分のせいで風邪を引かせるわけにはいかない。

フローレンスはおずおずと振り返り、顔を逸らしながらヴェネディクトのトラウザーズに手をかけて脱がせる。途中、彼の剝き出しの股間に手が触れ、そこが硬く隆起しているのを知り、全身がかあっと熱くなった。

これまで、前戯だけで悦《よろこ》びを教えられ、最後の一線は越えていない。ヴェネディクトが欲情しているのはうすうす感じていたが、こんなふうにくっきりと欲望の存在を感じたことはなかった。

心臓が破裂しそうなほど、ばくばくする。

「でで、できました。さあ、浴室へ入ってください」

股間を見ないようにして、言う。

「洗ってくれるか?」

「え、な、なな、何をおっしゃいますかっ」

「礼になんでもすると言ったぞ」

「う……そうですけれど……」

ここで押し問答していては、全裸のヴェネディクトが本当に風邪を引いてしまう。仕方なく、一緒に浴室に入った。

ヴェネディクトの浴室は、いつでも湯浴みができるように、常に侍従が湯を汲《く》み換えてある。

獅子足の金張りの浴槽は、ヴェネディクトの体格に合わせた仕様で、小柄なフローレンスなら泳げてしまいそうに大きい。

ヴェネディクトがゆったりと浴槽に浸《つ》かった。

フローレンスは寝巻きの袖を捲り、裾を帯に挟んで裸足《はだし》になる。

「温まってくださいね」

「うむ」

ヴェネディクトは、心地よさげに浴槽の中でのびのびと長い足を伸ばした。

フローレンスは海綿を手にすると、シャボンを泡だてた。

浴槽の前に腰を屈め、ヴェネディクトの背中を海綿で擦る。広い背中なので、両手をめいっぱい伸ばして、懸命に洗う。

筋肉の盛り上がった広い背中には、歴戦の傷跡がたくさん残っていた。

これまで、閨《ねや》では薄暗くしてもらっていたので、ヴェネディクトの裸体をはっきりと見る機会がなかった。

こんなにも傷跡だらけだったのか。

そっと指先で傷跡を辿った。擽ったかったのか、ヴェネディクトがぴくりと身を竦める。

「たくさん、戦に出られたのですね」

しみじみとつぶやくと、ヴェネディクトが背中を向けたまま答える。

「そこの傷は、私が十七歳で初めて戦場に出て、落馬した時の不名誉な傷跡だ」

「ここは?」

フローレンスは肩甲骨の間の傷に触れてみた。

「そこは、西の砂漠で反乱軍を制圧した時に、背後から切りつけられた時のものだ」

フローレンスは目を丸くする。

「全部の傷跡のことを覚えておられるのですか?」

「無論だ。自分の戦いの証《あかし》だからな」

フローレンスは少し面白くなって、ヴェネディクトの身体を洗いながら、一つ一つの傷跡を辿っていく。

「この左肩の傷は?」

「十九の時に、夜戦で狼《おおかみ》に襲われた時の噛み傷だ」

「この右の脇腹の傷は?」

「二十五歳の時の、蛮族との戦いの時に受けた槍《やり》傷だ」

初めは面白がっていたが、次第にフローレンスは胸にこみ上げるものがあった。

国のために、彼はこれほどまでに身を張って命を捧《ささ》げてきたのだ。

「邪神」と呼び習わされるほどの、壮絶な戦いを生き抜いてきた人なのだ。

傷だらけの肉体に、心が締め付けられるほどの愛着を感じた。

最後に、左の二の腕の傷に触れる。

それまで即答していたヴェネディクトが、ふいに口ごもった。

「この傷は?」

「そこは――忘れた」

「え?」

フローレンスは思わず顔を上げ、ヴェネディクトの顔を覗き込む。

「ここだけ、お忘れになったの?」

ヴェネディクトはすっと視線を外した。

「忘れた」

「……そうなんですか」

忘れたい傷の思い出なのだろうか。彼の心の傷でもあるのかもしれない。

フローレンスはその傷跡を優しく何度か撫でた。なぜか、その傷跡にきゅんと胸が疼く。そうっと顔を寄せ、傷跡に口づけした。

「――っ」

ヴェネディクトが短く息を吐き、ぐっとフローレンスの手首を掴んだ。

「あっ」

勢い余って、フローレンスはばしゃっと湯船の中に倒れ込んでしまった。

そのままヴェネディクトが胸に抱き締めてくる。

「あ、ヴェネディクト様、濡れて……」

フローレンスは彼の腕の中で身じろいだ。

「かまわぬ」

ヴェネディクトがフローレンスの首筋に顔を埋めて、ちゅっと肌を吸い上げた。

「あっ、ぁ」

ぞくっと甘く背中が震える。

「だ、だめ、まだ、洗いかけて……」

「では、あなたの身体を使って洗ってもらう」

ヴェネディクトはびしょびしょになったフローレンスの寝間着を、強引に剥《は》いでしまう。

「きゃっ……」

こんな明るいところで全裸を晒したことがなかったので、羞恥にかっと血が逆流する。

ヴェネディクトがフローレンスの手から海綿を奪い取り、それを泡だててぬるぬるとぬりたくってきた。彼の両手が乳房を覆い、やわやわと揉みしだく。指先がつるっと乳首を掠めると、ちりちりと灼《や》けつくような刺激が生まれてくる。

「あ、ん、や、だめ……」

フローレンスは息を乱して、彼の腕から逃れようとする。

「泡だらけになったぞ。白い泡の間から苺のような乳首が透けて、ショートケーキのようだな」

ヴェネディクトが目を細めて、ぎゅっとフローレンスの身体を抱き寄せる。いつもは寡黙な彼が、詩的なセリフを口にしたのが新鮮で、フローレンスの心臓がドキドキ高鳴った。

「ぁ、あ、あぁん」

泡で滑って、柔らかな乳房がヴェネディクトの固く広い胸に当たってふにふにと形を変える。乳首が彼の胸板で擦れると、ひどく淫らな気持ちになっていつもより感じてしまう。

「やぁ、だめぇ……」

「私の腕の中で、あなたの白く柔らかな身体が自在に形を変える。とても心地よい」

ヴェネディクトがさらに強く抱きしめてくると、泡のせいでぬるっと肌が滑り、全身が淫らに濡れているようで劣情が煽《あお》られてしまう。

フローレンスは両手をヴェネディクトのたくましい首に回し、自分からも肌を擦り付けた。

「ん、ふ、ふぁ、んん……」

「可愛い声で啼《な》く」

耳元でヴェネディクトが息を乱しながらささやくのも、いやらしい気持ちに拍車をかける。

彼の膝の上に跨るようにして身を寄せると、太腿の間に熱く勃ち上がったヴェネディクトの欲望を感じ、ぞくぞくと下腹部が疼いた。

なんて大きくて硬くて太いのだろう。これがもし、自分の中に――。

思わず恥ずかしい妄想をして、慌てて腰を引こうとしたのに、逆にヴェネディクトに引き寄せられ、秘所がぬるっと屹立《きつりつ》を擦ってしまった。

痺れる快感が走り、腰が浮く。

「あ、ん、や、ぁん」

「ふ――その刺激もよいな、続けてくれ」

ヴェネディクトが下から腰を突き上げてくる。

綻んだ花弁に、ぬるぬると太い血管の浮き出た肉茎が行き来して、その刺激がたまらなく気持ちいい。

思わずヴェネディクトの腰の動きに合わせて、自分の腰も振り立ててしまう。

二人の激しい動きに、ばしゃばしゃと湯船から湯が溢れこぼれた。

「……はぁ、あ、やぁ、ん、こんなの……だめぇ……」

猥りがましい行為に耽っていると自覚していても、擦れる感触が気持ちよくて腰をうごめかすのが止められない。

とろりと愛蜜が溢れてきて、泡と自分の体液でさらにぬるつき度が増して、快感が増幅した。

「いやらしくなったな、自分から腰を振ってきて」

ヴェネディクトがフローレンスの薄い耳朶に舌を這わせながら、背骨に響くような低音でささやくと、さらに感じ入ってしまい、下肢が蕩けそうになる。

「ぁあん、ひどい、です……だって、ヴェネディクト様が、こんなこと、教えたのに……」

これまで、指や舌の愛撫だけで官能の悦びを与えられてきた。

ヴェネディクトは最後の一線は越えないで、自らの欲望を抑制してくれていた。

でも――。

フローレンスの胎内の飢えは、どんどん深まる。

指や舌ではなく、今下腹部に擦れているこの硬くて巨大なものを受け入れたいという欲求が高まって、どうしようもない。

彼が欲しい、と切望してしまう。

でも、完全に結ばれたら、婚約解消という道は閉ざされるだろう。

片想いを抱えたまま、この人と結婚することになる。

フローレンスは快楽に酩酊する頭の隅で、ぎりぎりで躊躇《ちゅうちょ》する自分がいることも否めなかった。

その時、ヴェネディクトがひどく性急な声で呻いた。

「――っ、フローレンス、い、いかん」

「えっ？　ど、どうなさいました？」

ハッと我に返り、彼の具合が悪くなったのかといぶかる。

ヴェネディクトが熱っぽい眼差しで見つめてきて、さらに腰の動きを速めた。

「終わりそうだ――」

「お、終わり……ですか?」

男性の性がどのようなものかはっきりと知らないフローレンスは、きょとんとした表情でヴェネディクトを見つめ返した。

「く――そんな無垢な瞳で見られたら――っ」

ヴェネディクトがさらに息を乱した。ぐぐっと太茎がフローレンスの陰唇に押し付けられた。

「すまぬ、出る――っ」

ヴェネディクトは獣のように低く唸り、ぶるっと胴震いした。

花弁に押し付けられた彼の陰茎がびくびくとおののく。

「は――ぁ」

ヴェネディクトはフローレンスの身体を抱きしめ、深く息を吐いた。

彼はしばらくそのままじっとしていた。

股間に押し当てられていた屹立が、ゆっくり萎んでいく気がする。

「……ヴェネディクト様?　ご気分がお悪いのですか?」

フローレンスは首筋に埋められた彼の頭におずおずと触れた。

「――いや、逆だ」

ゆっくりと顔を上げたヴェネディクトは、目元を赤らめてぼそぼそと言った。

「あなたの感触がとても心地よくて、恥ずかしながら――出してしまった」

「出して……」

何気なく鸚鵡《おうむ》返しにつぶやいてから、フローレンスはその意味をやっと悟り、顔から火が出そうになった。

男性は性器から子種を吐き出すということは、うっすら知っていた。

「あっ……その、あの、なんだか、ご、ごめんなさい……」

しどろもどろになると、ヴェネディクトはいつになく柔らかな表情で見つめてきた。

「謝ることではないだろう」

「だ、だって、その、あの……もったないことをさせて……ご、ごめんなさい……」

もごもご口の中でつぶやくと、ヴェネディクトが一瞬目を丸くしてから、ふいにクスッと笑いを漏らした。

え？　ヴェネディクトが笑った？

フローレンスがますますあっけにとられていると、ヴェネディクトは真面目な顔に戻って言う。

「フローレンス、心配ない」

「え?」

「すぐに子種は作り直せるのだよ」

「えっ、そうなんですか?」

「なんなら、今すぐ作れるぞ」

「ああ、よかった……」

ホッとすると、ヴェネディクトがやにわにちゅっと頬に口づけした。

「あなたはなんて無邪気なのだろうな」

フローレンスは無知だと揶揄《からか》われた気がして、顔を赤らめた。するとヴェネディクトが優しく髪を撫でてくる。

「これから、もっと私が教えてやろう。男性の機能のことを」

フローレンスは気を取り直す。

「はいっ、鍛錬ですねっ」

元気よく答えると、ヴェネディクトはまた吹き出しそうな顔になった。

「ふ──さあ、湯冷めしてしまうから、もう出よう」

ヴェネディクトはフローレンスを軽々と抱き上げると、そのまま湯船を出た。その際に、フローレンスはお尻にゴツゴツと当たるヴェネディクトの欲望を感じ、本当にすぐに再生できるのだなと思った。

脱衣所で、ヴェネディクトは大きなバスタオルでフローレンスをくるんで丁寧に拭いてくれる。まるで赤ちゃんでも扱うみたいに優しい。

少しずつヴェネディクトに男性の身体のことを教えてもらい、大人になっていく気がした。

ヴェネディクトに出会う前は、男女の交合など恥ずかしくていやらしいことだと思っていたのに、彼とだと少しもそういう気持ちが起こらない。

心地よくてドキドキする行為だと思う。

それと、ヴェネディクトが声を出して笑えるということを知り、新鮮で嬉しい驚きでもあった。

目尻に可愛い皺《しわ》が寄り、くしゃっと笑う表情がまぶたに焼き付いている。

ああもっと笑って欲しい。ずるい、彼は反則技ばかり使ってくる。

あんな笑顔を見せられたら、何もかも上げていいと思ってしまう。

コワモテで頑《かたく》ななヴェネディクトの心の殻を破って、もっと本当の彼の姿を知りたいと渇望してしまう。

ヴェネディクトは新しい寝巻きにフローレンスを着替えさせ、フローレンスを抱き上げてベッドに寝かせると、自分はそのまま隣室へ去ろうとした。いつも通り、居間のソファで休むつもりらしい。その大きな背中を見ているうちに、どうしようもなくせつなくなる。

「あのっ、ヴェネディクト様」

フローレンスは思わず呼び止めていた。

ヴェネディクトが不審げに振り返る。

「どうした?」

フローレンスは大きく息を吐き、思い切って言った。

「どうぞ、一緒にベッドでお休みなりませんか?」

「――」

ヴェネディクトの表情が固まる。

「その方が、お身体も休まりますし……」

「――」

彼の眼差しが険しい感じになったので、フローレンスは気分を害したのかと思った。しかし、ヴェネディクトの目元がふっと緩まった。

「そうだな。今夜はよいか」

「はいっ」

フローレンスはほっとして、にっこりした。

ヴェネディクトが戻ってきて、上掛けをめくってそっとベッドに身を滑り込ませた。巨体が乗ってきたので、ぎしっとベッドが揺れる。

彼は遠慮しているのか、少し身を離して仰向けになった。

二人はしばらく無言で、暗闇を飛び交う蛍の乱舞を見つめていた。

好きな人とこうやって並んで寝ているのって、とても甘酸っぱい気持ちだ。

「本当に流れ星のようですね。私、幼い頃はよく流れ星にお願い事をしたものです。こんなにたくさんの流星なら、きっと願いが叶いそうですね」

フローレンスが浮かれた声で話しかけると、ヴェネディクトは堅苦しく答えた。

「それは非現実的だ」

「はあ……」

ロマンチックな気分になったのに、とフローレンスは不満になる。だがヴェネディクトは同じ口調で付け加えてくる。

「あなたの願いなら、私が叶えよう」

「……」

胸がきゅんとする。

もしかしたらヴェネディクトは気がついていないのだろうか。

女性に対する口説き文句や甘いお世辞は苦手だと言っていたが、それよりずっと心に響く言葉をくれるではないか。

「ヴェネディクト様……」

フローレンスはそろそろとヴェネディクトににじり寄り、彼の胸に顔を埋めた。ヴェネディクトはぴくりと身をすくめたが、そのままじっとしている。

「おやすみなさい」

小声でささやくと、彼の力強い胸の鼓動が少し速まったような気がした。

「うむ、おやすみ」

いくらか柔らかい口調で返された。

その晩、フローレンスは蛍の光が飛び交う寝室で、ヴェネディクトの腕に抱かれてすやすやと眠ってしまったのである。

翌日から、ヴェネディクトは、夜の閨の大人の鍛錬を終えると、同じベッドでフローレンスと共に休むようになった。

それでも、二人はまだ最後まで結ばれない仲であった。


凶暴な砂漠の盗賊団が、国境線の村々を襲っているという知らせが王城に届いたのは、数日後のことである。

早朝、ヴェネディクトは自分の指揮する騎士団を引き連れて、盗賊団を捕縛すべく出立することになった。

ルイーゼにそのことを知らされたフローレンスは、しのつく雨の中、急いで王城前の広場に向かった。ルイーゼに傘をさしかけてもらい、邪魔にならぬように回廊の柱の側からヴェネデイクトの勇姿を見送ろうと思った。

甲冑《かっちゅう》に身を包み馬に跨った騎士団たちが、ずらりと整列している。

彼らを前にして、ひときわたくましい馬に跨り銀の甲冑を着込んだヴェネディクトが指示を飛ばしている。

「砂漠の盗賊団は、荒くれ者の集まりである。剣の腕の立つ者も多い。心せよ！」

彼の凛《りん》とした声は、雨音に負けず広場の隅々まで届いていた。

「だが、苦しんでいる民たちを守るために、我々は命を捧げる！　よいか？」

騎士団員たちは剣を抜き放ち、一斉に鬨《とき》の声《こえ》を上げた。

「我ら、祖国に命を捧げます！」

その殺気立った光景に、フローレンスは心臓がばくばく言い出す。

ヴェネディクトは勇猛果敢な騎士だ。　国一番の剣の使い手だ。戦で負けたことはないと聞く。

きっと戦果を挙げて帰ってくるだろう。

だが、ヴェネディクトの全身に刻まれた傷跡が頭に浮かぶ。

「ヴェネディクト様っ」

フローレンスは気がつくと、柱の陰から飛び出していた。

「あっ、フローレンス様、濡れます！」

ルイーゼが呼び止めたが、聞く耳を持たなかった。

騎士団員たちは、隊列の間を走り抜ける小柄なフローレンスの姿に、驚いたように目をやる。

ヴェネディクトも目を見開いて、まっすぐこちらに駆けてくるフローレンスの姿を見つめていた。彼は素早く馬を降りた。

「フローレンス、どうした?」

「ヴェネディクト様!」

フローレンスはそのまま彼の腕の中へ飛び込む。

「どうか、ご無事で、どうか!」

ヴェネディクトに抱きつき、夢中で叫んでいた。

ヴェネディクトは一瞬戸惑ったように動きを止めたが、すぐに雨から守るようにやんわりとフローレンスを抱き返す。

「心配ない」

ヴェネディクトが落ち着いた声で言う。

フローレンスは雨でびしょびしょの顔を上げて、まっすぐ彼を見つめた。

「でも、でも……戦になるのでしょう?」

「心配ないぞ」

ヴェネディクトが繰り返す。

力づけるような彼の声の響きに、フローレンスは涙が出そうになる。

「お願いです、無事にお戻りください」

「うむ」

二人の視線が絡む。フローレンスは嗚咽《おえつ》が込み上げそうになった。

ルイーゼが息を切らしながら追いつき、フローレンスに傘を差しかけた。

「フローレンス様、戦の門出に涙は禁物でございますよ」

その言葉に、フローレンスはハッとして喉元まで込み上げてきた熱いものを呑み込む。

ヴェネディクトの大きな手が、そっとフローレンスの頭を撫でた。

「約束する」

「……」

「あなたの願いは叶える」

「……はい」

「無事帰る」

「はいっ」

フローレンスはこれ以上彼を引き止めてはいけないと思い、ゆっくりと身を引いた。

「ご武運を」

「うむ」

ヴェネディクトはひらりと馬に跨った。そして、ラッパ騎手に合図を送る。

「進軍する！」

ラッパ騎手が高らかに行軍のラッパを吹き鳴らす。

ヴェネディクトが片手を挙げ、馬を前に進めた。

「行くぞ！」

騎士団員たちが、一糸乱れぬ動きで行進を始めた。

フローレンスはその場に立ち尽くして、遠ざかるヴェネディクトの背中を見つめていた。

ルイーゼが恭しい声で言う。

「フローレンス様の心からのお言葉、敬服いたしました——あなた様こそ、ヴェネディクト殿下にふさわしいお相手でございます」

フローレンスはその時、はっきりと感じた。

ヴェネディクトの妻になりたい、と。

彼を支え、彼と共にこの国のために生きていきたい、と。

義務でも国王陛下への敬愛でもなく。

ヴェネディクトを愛している、と。

これまで、ずっと胸の中で思い出の銀の騎士を理想化して、憧れていた気持ちが拭えなかった。

でもう、そんな少女じみた甘い感情などどうでもよくなっていた。

不器用で無愛想で声も態度も大きいけれど、誠実で本当は心優しいヴェネディクトを愛している。愛してしまったのだ。

雨足が強くなった。

だがフローレンスは、行軍の最後の一兵の姿が見えなくなるまで、ずっとその場で見送っていた。


——十日後。

ヴェネディクト率いる騎士団が、見事砂漠の盗賊団を制圧し全員捕縛したとの知らせが、王城に届いた。盗賊団に略奪された村々に平和が戻った。

朗報に、国中が沸き立った。

ヴェネディクトの帰還に、病床の国王陛下も城の正門前で出迎えることとなった。

フローレンスも胸を躍らせて、ヴェネディクトを待ち受けた。

折しも雨季が終わり、その日は雲ひとつない快晴であった。

天幕の下で椅子に腰を下ろしている国王陛下の後ろで、フローレンスは他の重臣たちと共に立ち坂の向こうに目を凝らしてた。

ふいに行軍ラッパの音が高らかに鳴り響く。

出迎えの人々がざわついた。

騎馬の蹄の音が徐々に近づいてくる。

程なく、軍旗を掲げた騎手、その後ろに銀色の甲冑姿で騎乗しているヴェネディクトの姿が現れた。

どっと歓声が湧き、傍に控えていた王室付きの楽団が勇壮な曲を奏で始める。

ヴェネディクトは正門の出前で下馬すると、兜の面を上げ、ゆっくりとこちらに近づいてくる。彼は国王陛下の前に恭しく跪いた。

「陛下、ヴェネディクト、ただいま帰還しました。辺境を荒らしていた盗賊団は一人残らず捕縛しました。後日首都の牢獄《ろうごく》へ送り、正式な裁判にかけます」

国王陛下は青白い頬をうっすらと赤く染め、威厳のある声で答えた。

「うむ、よくやったヴェネディクト。お前の忠義、常にこの身に沁《し》みているぞ」

「ははっ」

フローレンスは胸をドキドキさせて、ヴェネディクトの勇姿を見つめていた。銀の甲冑は泥まみれで傷だらけで、激戦だったことを物語っている。だが、ヴェネディクトはそんなそぶりは少しも見せず、さらりと勝ってきたようなものごしだ。

そういう姿に甘くきゅんきゅん胸が痺れる。

もし、公の場でなかったら、すっ飛んで行って抱きついて口づけして労《ねぎら》うのにと心がはやってしまう。

国王陛下が重々しく告げる。

「この度の手柄に、そなたになにか褒賞を授けよう。なんでも望みのものを言うがよい」

「はっ」

ヴェネディクトはわずかに頭を上げた。

そして、大声で答えた。

「それでは、今ここで求婚することをお許しください！」

「うむ」

国王陛下がうなずく。

フローレンスを始めその場にいる者たちは、ヴェネディクトが何を言い出したのかとあっけに取られる。

ヴェネディクトはおもむろに立ち上がり、素早くフローレンスの前に進み出る。周囲の者たちは、さっと後ろに下がった。

跪いた彼はまっすぐフローレンスを見上げる。

泥だらけの顔で無精髭も生えているが、今まで一番素敵で格好良く見えた。

「フローレンス・ニールソン伯爵令嬢。私はあなたに正式に結婚を申し込みます！」

地声が大きいので、まるで怒っているみたいに聞こえる。

「っ——」

フローレンスは全身の血が頭に上り、目の前がクラクラした。

よもや、衆人環視の中で求婚されるとは。

全員の視線がフローレンスに注がれている。誰もが息を呑んで、フローレンスの返答を待っている。

「……ヴェネディクト様」

ヴェネディクトは瞬《まばた》きもせずに、こちらを見つめてくる。顔が引き攣《つ》って眼力がものすごい。はたから見ると、まるで彼が脅迫でもしているような迫力だろう。

ヴェネディクトのことを何も知らない貴婦人なら、「邪神の王弟殿下」からの求婚に、その場で卒倒してしまうかもしれない。

でももうフローレンスにはわかっていた。ただ、彼は真剣で生真面目なだけなのだと。

心から嬉しい——でも——。

所詮、ヴェネディクトは国王陛下への忠誠を果たそうとしているだけなのだ。

フローレンスのことは好きでもなんでもない——そう思った瞬間だ。

「私はあなたを愛しています!!」

ヴェネディクトが四方八方に響き渡る大音声で告げた。

叫んだ、と言ってもいいくらいだ。

「!?」

フローレンスは一瞬、聞き間違いかと思った。

だが耳の奥がわんわんするほど、「愛しています」の声がこだましていた。

その場の空気が固まった。誰もが信じがたい顔で固唾を呑んだ。

フローレンスは探るようにヴェネディクト目を覗き込む。

一点の曇りもない。

フローレンスの表情にわずかな疑惑の色を感じたのだろうか、ヴェネディクトはさらに声を張り上げた。

「あなたを愛している‼」

「ヴェ……」

「愛している‼」

「ちょ……」

「愛している‼」

このままでは延々叫んでいそうな勢いだ。

「ヴェネディクト様！」

フローレンスはさっと右手を差し出した。

ヴェネディクトの勢いに呑まれて、こちらも怒ったような大声になってしまった。

「お受けします！」

決闘でも受けるみたいな、ロマンチックさのカケラもない場面になってしまった。

「う――！」

ヴェネディクトが獣みたいに唸り目を見開く。

刹那、その場がしーんと静まり返った。

ヴェネディクトはそろそろと自分の右手を伸ばしフローレンスの右手を取った。彼の手が微《かす》かに震えているのに、フローレンスはドキッとする。

ヴェネディクトはフローレンスの手の甲にそっと唇を押し付けた。

そして、艶めいた低い声でつぶやく。

「感謝する――」

フローレンスは全身に甘い歓喜が満ちてくるの感じていた。

目に嬉し涙が浮かんでくる。喉元まで込み上げる嗚咽を呑み込み、声を絞り出した。

「ヴェネディクト様……私も、あなたを愛しております」

「っ――」

ヴェネディクトが呆然とした顔で見上げてくる。信じられないという面持ちだ。

自分は大声で何度も愛を告白したくせに、とおかしくなる。

フローレンスは少し緊張が解け、笑みを浮かべることができた。

「本当です。心からあなたをお慕いしています」

「――」

「あなたは私が出会った中で、一番素敵な男性です」

「――う」

ヴェネディクトが再び低く唸ったかと思うと、ガバッと立ち上がってフローレンスの腰を抱きかかえた。

彼は軽々とフローレンスを頭上に持ち上げ、凱歌《がいか》を上げた。

「やったぞ‼　私はやった‼」

ヴェネディクトはその場で、くるくるとフローレンスを振り回す。

「やった、やった‼」

戦に勝利しても、これほど手放しで彼が歓喜したことはなかったろう。

フローレンスは呆《あき》れるやら気恥ずかしいやらで、周囲を見られなかった。でも、まるで美しい夢の中にいるようなふわふわ浮き立った幸せな気持ちでいっぱいだった。

ふいに、ぱんぱんと拍手する音が響いた。

国王陛下が両手を打ち鳴らして、にこやかに告げた。

「なんとめでたいことであるか。我が弟の人生で最大の勝利であるな」

その言葉をきっかけに、居並ぶ人々から一斉に祝福の声が上がった。

「王弟殿下、おめでとうございます！」

「おめでとうございます！」

「殿下、ご令嬢、どうかお幸せに！」

騎士団たちは剣の柄で鞍前《くらまえ》を叩いて祝福を伝える。

気を利かせた王室付きの楽団が、甘い旋律の祝婚歌を演奏し始めた。

フローレンスとヴェネディクトは熱く見つめあったまま、いつまでもその場で回り続けていた。

戦勝報告は結婚報告に取って代わられ、その場は祝福で大盛り上がりとなった。


その後。

二人は部屋に戻り、寛《くつろ》いだ部屋着に着替えた。

ヴェネディクトは、ぴったりとフローレンスに張り付いて、ひと時も離さない。部屋の動物たちは遠巻きに二人を囲み、微笑ましそうに眺めている。

ソファに並んで座り、腕の中にフローレンスを抱き込み、ヴェネディクトは興奮した口調で話す。

「結婚式は、なるだけ早めにしよう」

「あなたには国一番の仕立て屋を呼んで、特注のウェディングドレスを作らせる」

「王城の裏手に離宮を造らせて、新婚生活をそこで送るのもよいな」

る。

「子どもは、最低でも五人は欲しい」

こんなに饒舌《じょうぜつ》だったのかと思うほど、ヴェネディクトは滔々《とうとう》と結婚の計画をまくしたててくる。

フローレンスは勢いに呑まれ、ぽかんと聞いていたが、もしかしこれは戦で頭かどこかを打って、ヴェネディクトが熱に浮かされているのではないかと疑い出した。

思わず手を伸ばして、ヴェネディクトの知的な額に触れてみる。

少し熱いけれど高熱、というほどではない。ヴェネディクトが怪訝《けげん》そうな顔になる。

「どうした?」

「いえ、あの……お気を確かに?」

ヴェネディクトがむっとした表情になる。

「私はいつでも平常心だ」

「だって、いつになくおしゃべりで……」

ヴェネディクトが鋭い眼差しで睨んできた。

「あなたこそ、私への愛の告白は本気だったのか?」

フローレンスは迫力ある目つきに声を失い、こくこくと何度もうなずいた。

「ふむ——疑わしい」

低いどすのきいた声で言われて怖気付《おじけづ》く。

「えっ？　な、なんで……？」

「あなたは天使のように美しい！」

「は？」

「透き通るような肌と蜜色の髪！　最高のサファイアのような瞳！　さくらんぼのような真っ赤な唇！」

「は？」

「小柄で折れそうなほど細い身体も、とても可憐だ！」

「え？」

「たおやかで優しい性格！」

「え？」

「愛せない要素など一つもない！」

怒っているのかと思ったら、絶賛されていた。

「だが、私ときたら――」

ヴェネディクトが咳払いして少し小声になる。

「やたら背が高く威圧感がある」

「とても頼《たよ》り甲斐《がい》があります」

「顔はいかつい」

「男らしくてハンサムです」

「声は大きくうるさい」

「ハキハキしていて聞き取りやすいです」

「身体中、傷だらけだ」

「騎士の勲章《くんしょう》ではないですか」

「貴婦人を喜ばせるお世辞ひとつ言えない」

「素朴なお言葉には誠実さしかありません」

「無骨でしゃれた仕草もできぬ」

「そこが可愛らしいのです」

「――」

「……」

　ヴェネディクトの目元がぽっと赤く染まった。

「そ、うなのか？」

「はい」

「そう思うのか？」

「はい」

「す、好きなのか。私を？」

「ええ、とても好きです」

ヴェネディクトの顔全体に血が上った。

「──フローレンス」

「ヴェネディクト様」

大いに惚気《のろけ》あってしまったと、やっと気がつく。

二人はふいに気まずくなり、黙り込んでしまう。

軽く咳払いしたヴェネディクトが低い声で切り出す。

「私は一目惚れされるような人間ではない──いつから好ましいと思ってくれたのか？」

武芸に秀でていて常に自信満々のようなヴェネディクトの気弱なセリフが、フローレンスの胸をきゅんきゅんさせる。小首を傾《かし》げて考えてみる。

「きっと、出会った最初の日からだと思います」

「なんだと？」

「その……私が暴言を吐いて逃げ出してしまった後、追いかけてくれたでしょう？」

「いや、あれは──」

「あの時、巣から落ちた雛をお助けになったのを見て、小さい命を大事にする優しい心根の方だと感じたんです」

「そうか──でもあの時、あなたは想い人がいたのだったな」

「ええ……」

「よいのか？　その想い人のことは？」

「昔の初恋です、もう、とっくによい思い出です」

「では、私が一番だと？」

「ええ、今はヴェネディクト様が一番です」

フローレンスはあらたまった表情で告げる。

「ヴェネディクト様の本当のお姿を知るたびに、どんどん好きという気持ちが大きくなっていって、いつしか心から愛していたのです」

「――そうか」

ヴェネディクトがしみじみした声を出し、目を伏せた。長い睫毛《まつげ》が彫りの深い顔に影を落とし、傷跡が見えない右側の横顔はとても端整だ。

でも、フローレンスの好きな顔は傷跡の走る左側だ。彼の不器用だが誠実な生き様がくっきりと刻まれたその顔が、一番好きだ。

フローレンスは心が震える。彼の顔を小さな両手で包み、頬の傷にそっと口づけした。

「好き、ヴェネディクト様」

「っ――」

ヴェネディクトは大きく息を吐き、やにわにフローレンスを抱き上げた。

「きゃっ」

「もう我慢できぬ！」

「え？」

「今すぐ、あなたを奪う！」

「え、え？」

ヴェネディクトが立ち上がると、部屋の動物たちは命令もされていないのに、気を利かせたように素早く隣室に姿を消してしまった。

まっすぐベッドに連れて行かれ、やっと彼の真意を悟る。

「あ、え？　最後まで、する、ってことですか？」

「そうだ、もう結婚するのだからな！」

どきん、とフローレンスの心臓が飛び上がった。

これまでさんざんヴェネディクトの愛撫に慣らされ、官能の悦びを押し込まれていたが、最後の一線は越えていなかった。やはり、胎内に彼の欲望を受け入れるという行為には恐れがあった。緊張で身が竦んだ。

ヴェネディクトはフローレンスと抱き合うようにベッドに腰を下ろすと、あやすように頬を撫でた。そして声のトーンを落としてささやく。

「大丈夫、心配するな」

これまで、ヴェネディクトがフローレンスの嫌がることをしたことはない。彼を信じよう。

「は、はい……」

心臓が口から飛び出しそうにドキドキしていたが、目を閉じて顔を仰向けて彼の口づけを待った。

少し荒いヴェネディクトの呼吸が顔を擽り、ゆっくりと唇が重なった。ますます緊張して、歯を食いしばってしまう。

するとぬるっとヴェネディクトの舌先が唇を撫でた。その感触だけで、腰に甘い痺れが走り、口が緩む。

ヴェネディクトの熱い舌が口腔に侵入してきて、口蓋を擽り、フローレンスの舌を探り当てて搦《から》め捕った。

「ん……んん……」

背中がぞくぞく震える。

ちゅっちゅっと舌先を吸い上げられ、息が詰まり頭がぼうっとしてくる。

ヴェネディクトは深い口づけを続けながら、フローレンスの肩を撫でてするりと部屋着を脱がせた。素肌にさっと鳥肌が走る。裸にされて思わず腰が引けたが、舌の付け根を甘く噛まれると、頭が心地よく痺れて抵抗する力が失われてしまう、

「んっ……んんっ、んんぅ」

痛みを感じるほど舌を吸い上げられ、ふいに唇が離れた。

ぷはっと詰めていた息を吐く。

「フローレンス、フローレンス」

悩ましい声で名前を繰り返し呼ばれると、耳障りのいい声の響きだけで、下腹部の奥がつーんと甘く疼いてしまう。

ヴェネディクトの唇が首筋を這い回り、大きな手が剥き出しの乳房を覆いゆっくりと揉みしだく。たちまち乳首が痛いくらいに硬く尖って、ヴェネディクトの指先が少し触れただけで、子宮の奥に淫らな欲望の火が点《とも》る。

「あ、ぁ、ヴェネディクト、さ、ま……ぁ」

声が震える。

緊張しているのに、いつもよりもっと愛撫に感じ入ってしまうのは、なぜだろう。

ヴェネディクトの片手が背中を支えて、そのままゆっくりと仰向けに押し倒してきた。

彼がのしかかるように見下ろしてくる。

逆光で暗いけれど、目が欲望に妖しく光っているのがわかる。

「私のフローレンス」

ヴェネディクトの大きな顔が、乳房の狭間に埋められる。

ちゅっと乳首を吸われた。

じんと淫らな痺れと快感が下肢に走り、背中を仰け反らせて甘い声を上げてしまう。

「あぁっ」

胸を揉まれ、肌を吸われ、乳首を舐められる。

「は、はぁ、あぁ、あぁ……」

これまで大人の鍛錬で教え込まれたことを、全部身体が覚えている。

いつもより早く濡れてしまうのがわかる。

鋭敏になった先端を指先できゅっと摘まれたり、甘噛みされたりすると、子宮の奥がざわついて、媚肉がひくついては蜜を吐き出す。蜜口がどんどん潤んで、恥ずかしいほどぬるついている。

「やぁ、だめぇ、ヴェネディクト様、もう、もう……そんなに噛まないで……」

湧き上がる秘所のうずきをやり過ごそうと、もじもじ太腿を擦り合わせると、乳房からわずかに顔を上げたヴェネディクトが、ふっとため息で笑った。

「もう濡れたか?」

「う……そ、そんなこと……し、知りません……」

頬を真っ赤に染めて恥じらう。

「可愛いな、フローレンスは可愛い」

ヴェネディクトの大きな手が、フローレンスの肌を撫で回す。触れられた肌は、灼け付くように熱くなり、ヴェネディクトの色に染められていくような気がした。

ヴェネディクトは両手で乳房を愛撫しながら、顔をゆっくりと下へ移動させる。

胸の下や脇腹、そして薄い下腹までねっとりと舌が這う。

尖らせた舌先が、小さな臍《へそ》の窪《くぼ》みを舐めた。

「ひゃっ、ぁあっ」

途端に悪寒のようなざわつく痺れが走って、フローレンスは腰をびくんと浮かせた。

「この可愛いお臍が、弱いんだったな」

ヴェネディクトが確認するようにつぶやき、円を描くように臍の周囲を舐め回す。

信じられないほど甘く痺れる。

ヴェネディクトに開発されるまで、そんな小さな窪みなど意識もしたことがなかったのに。

ぬるぬると丹念に臍を舐められると、子宮に直に響くかと思うほど感じ入ってしまう。

「やっ、やぁ、そこ、や、お臍、やぁっ」

ヴェネディクトの舌がひらめくたびに、フローレンスはびくんびくんと腰を跳ねさせた。ほんとうに苦しいほど甘く感じてしまい、耐え難いほどだ。

「だめぇ、お臍で、達《い》っちゃう、達っちゃう、からあ……」

身悶《みもだ》えして、涙目で訴える。

「可愛い、あなたは本当に可愛い」

ヴェネディクトが感に堪えないといった声を出す。

「だがフローレンス、今夜はもっと感じるところを舐めて上げよう」

「え?」

臍の刺激が止まったので少しホッとしたフローレンスは、きょとんとした。

ヴェネディクトの両手が膝にかかり、立膝にしてゆっくりと左右に押し開いた。

「あっ」

これまで、指でいじられるだけで、恥ずかしい箇所をこんなにあからさまにされたことはなかったのだ。

さんざん愛撫を教えられたと思い込んでいたが、実はヴェネディクトはまだまだ奥の手を隠していたのだ。

「あ、やぁ、見ないで、やだ、恥ずかしいっ」

思わず両膝を閉じようとしたが、逆に強い力でさらに大きく開脚させられてしまう。

「やぁ、見ないで、やぁあ」

フローレンスは羞恥のあまり、両手で自分の顔を覆ってしまった。

だが、ヴェネディクトがフローレンスの恥ずかしい箇所を余すところなく見つめている視線が、痛いほど感じられる。

見られていると思うだけで、なぜか媚肉がじんじん疼き、さらに濡れてしまう。

「赤い花びらがほころんで、とろとろいやらしい蜜を垂れ流している」

「うう、言わないで……ぇ」

視線といやらしい言葉だけで、身体が熱く昂《たかぶ》り、劣情が胎内に膨れ上がってくるのがわかった。

「綺麗だよ」

ヴェネディクトの声が股間に近づいてくる気がした。

彼の息が、薄い恥毛をそよがせた。

ヴェネディクトが何をしようとしているのか悟り、ハッと身を竦めた直後、潤んだ陰唇を生温かい舌がぬるりと舐めた。

びりっと甘い快感が背中を走り抜け、フローレンスは甲高い声を上げてしまう。

「は、あぁっ?」

そんなところを舐めるなんて?

ありえない、ありえない。

ありえないのに、ぞくぞく淫らな期待をしている自分がいた。

「あなたの蜜も甘いな」

ヴェネディクトがつぶやき、濡れた舌で性器を押し開くように下から上に舐めていく。

「だめぇ、やぁ、舐めないで……き、汚い、からぁ、あ、あぁ、あぁあっ」

拒もうと身悶えたが、舌先がくぷりと内部へ押し入ってくる感触に、ひくりと喉の奥が震えた。これまで、指を挿入されることには慣れていたけれど、まさか舌まで侵入してるなんて。

「ひぁ、あ、や、だめ、あぁ、やめ……ぁあ……」

舌が蜜口の浅いところを出たり入ったりすると、悩ましい感触に全身の肌からぶわっと汗が吹き出した。

くちゅくちゅと猥りがましい水音が耳奥を犯し、頭の中がぼうっとしてくる。

「ん、んんぅ、ん、ふ、はぁ……」

はしたない鼻声が漏れてしまい、止められない。こんなのありだろうか、でも、気持ちいい。

ヴェネディクトに舐められて、気持ちよくなってしまう。

快楽に酩酊して、四肢の力が抜けていく。

身体の緊張がほぐれた直後だった。

ヴェネディクトは、包皮から頭をもたげていた秘玉をちゅうっと吸い上げたのだ。

「きゃ、あぁあぁあっ?」

凄まじい快感に、フローレンスは目を見開いて腰を強張らせた。

そこが触れられると一番弱いダメな箇所だとわかっている。でも、舐められるなんて思わなかった。

ヴェネディクトは咥え込んだ陰核を舌先で転がし、柔らかく吸い上げた。

ぬめぬめと充血しきった秘玉を舌で舐《ねぶ》られると、指でいじられた時より何倍も強い快楽が生まれてくる。

じんじん痺れる、怖いくらい痺れて、気持ちよくて。

頭の中があっという間に真っ白く染まり、あっという間に媚悦の頂点に押しやられる。

「や、だめぇ、も、あ、達っちゃう、あ、もう、達っちゃったのぉ……っ」

自分の声とも思えない甲高い悲鳴を上げてしまう。

ヴェネディクトはちゅうっと音を立てて、鋭敏な秘玉を繰り返し吸い上げた。

その度、瞼の裏にばちばち絶頂感が弾ける。

休む間もなく上り詰め、ゆきすぎた快感に耐えきれない。

「やだぁ、あ、だめぇ、許して、も、やめ……ぁ、あぁ、ん、また、あぁ、またあ……っ」

フローレンスはイヤイヤと首を振りたて、ぽろぽろと歓喜の涙を零《こぼ》した。

ヴェネディクトは少しも許してくれなかった。

膨れ上がった花芯を懇《ねんご》ろに舐めしゃぶる。

「だめぇ、変に、あ、どうしよう、あぁ、あ、止まらない、あぁ、止まらないのぉ」

快感を通り越して、苦痛に思えるほど感じてしまう。

もうやめてほしいのに、媚肉の奥がきゅうきゅう収斂《しゅうれん》し、そこはひどく飢えていた。もっとしてほしいと言うように、蜜口が勝手に開閉を繰り返してヴェネディクトの舌を締め付けてしまう。

　ヴェネディクトが秘玉を転がしなら、節高な指を隘路の浅瀬に突き入れてきて、くちゅくちゅと掻き回した。

「あ、あぁん、あ、は……ぁ」

　求めていた刺激を与えられて、腰がねだるように前に突き出てしまう。もっと奥に欲しい。

　だがヴェネディクトは焦らすように、それ以上は指を押し入れてくれない。

「……ぁぁん、それ、もう、いやぁ、もう、いやぁ」

　フローレンスはせつない声で腰を振り立ててしまう。

　ゆっくりと顔を上げたヴェネディクトが、掠れた声で言う。

「私が欲しいか?」

　フローレンスは一瞬躊躇《ためら》う。

　欲情したヴェネディクトの男根は、指などとは比べものにならないくらいに太くて大きいと知っている。あんなものが、自分の慎《つつ》ましい胎内に収まるなんて思えない。あんなの、まるで凶器のようだ。

　なのに、ヴェネディクトが片手で自分の部屋着の裾を捲り上げ、雄々しく屹立した欲望を取り出すと、それを見ただけで息が乱れて子宮の奥が激しく脈打った。

　あれが欲しい、と渇望している。

「あ、ぁ……ぁあ、ヴェネディクト、さ、ま……」

フローレンスは羞恥に顔を薔薇色に染めてつぶやく。

「欲しいです、あなたが、欲しい……」

淫らな願いを口にすると、身体中が燃えるように熱くなった。

「フローレンス」

ぎしりとベッドが軋み、ヴェネディクトがのしかかってくる。

両足の間に、男のゴツゴツして筋肉質な膝が押し込まれ、恥ずかしいくらい足が広げられた。

「私の、可愛いフローレンス」

ヴェネディクトが二本の指で、フローレンスの蜜口を大きく寛げ、そこに自分の腰を沈めてくる。

濡れ果てた花弁に、みっしりと熱い塊が押し付けられた。

その生々しい感触に、恐れと歓喜が同時に襲ってくる。

「あっ、あ、熱い……」

「挿入《い》れるぞ」

ヴェネディクトがじりっと腰を押し進めてくる。

ぐぐっと張り出した先端が隘路を押し広げて侵入してきた。

みちみちと処女孔が内側から切り開かれていく衝撃に、フローレンスは怯えた。

「あ、あ、きつい、あ、あ、ぁ、あ、無理、無理です、挿入《はい》らない……っ」

「挿入る——もう、待てない」

ヴェネディクトが額に玉のような汗を浮かべ、辛そうな声を漏らす。

そんな顔をされたら、拒めない。

だって、今日までずっとヴェネディクトは待っていてくれた。きちんと結婚が決まるまで、最後の一線は越えずにいてくれたのだ。

だから、もう拒めない。

目を閉じて、息を詰めて彼のなすがままにする。

狭隘《きょうあい》な入り口をぎちぎちに押し広げ、傘の開いた先端がぬくりと挿入ってきた。

「く、あ、あ、あ、怖い……っ」

「挿入ったぞ——フローレンス」

ヴェネディクトがため息を漏らした。

「これであなたは、全部私のものだ」

そのままじりじりと、長大な肉茎が奥へ進んでくる。

「あ、あ、いっぱい……あぁ、苦し……」

これまでの大人の鍛錬で慣らしていたためと濡れ果てているせいか、それほど苦痛は感じなかった。

だが、胎内を内側から押し広げられる違和感に、怯える。内臓が押し上げられそうな錯覚に、思わず歯を食いしばって耐えた。

「く――きつい。フローレンス、そんなに力を入れては、押し出されてしまう」

半分くらいまで挿入したヴェネディクトは、動きを止めて大きく息を吐いた。

「力を抜いてくれ」

「え? あ、ど、どう、したら……いいの?」

自分の身体なのに、どこをどうすればヴェネディクトの望み通りになるのか、見当もつかない。

狼狽《うろた》えて縋るようにヴェネディクトを見上げると、彼が目を細めて見たこともないような優しい表情になった。

「可愛い――では、舌を出せ」

「は、はい?」

言われるままそっと口を開けて舌を突き出した。

やにわに唇を覆われ、痛むほど強く舌を吸い上げられた。

「ふぐ、う、ううっ?」

一瞬、意識が口づけに奪われる。

刹那、肉楔がずぶりと一気に最奥まで押し入った。

「ぐ、ぁ、ひ……ふ、ふぁううっ」

灼熱《しゃくねつ》の塊が奥の奥まで届き、二人はぴったりと重なった。

動きを止めたヴェネディクトは、フローレンスの唇を解放し、満足げな声を吐く。

「全部、挿入ったぞ」

「ぁ、あぁ、あ……」

あんな巨大なものを根元まで受け入れたのか。

信じられない。

でも、どくどく脈打つ太茎が身体の中心で息づいているのがはっきりとわかる。

串刺しになったみたいで、少しでも動くと壊れてしまいそうで身動きひとつできないでいた。

「あなたの中、狭くて、熱くて、なんと心地よいのだ」

ヴェネディクトが酩酊したような声を漏らす。

彼が軽く先端で最奥を穿《うが》った。

その激しい衝撃に、目の前に火花が散った。

「ひあぁっ、や、だめぇ、動いちゃ、だめ、壊れちゃう……っ」

巨漢のヴェネディクトにのしかかられて、ビクとも動けないフローレンスは、両手で彼の肩にしがみつき、爪を立てて耐える。

ヴェネディクトはゆっくりと律動を始めた。

ぐちゅっぐちゅっと最奥が切り開かれる。

その度に、頭の中が真っ白になった。

痛いとか苦痛とかではなく、信じられない熱量と衝撃だ。

「凄いな――噛《か》み切られそうだ」

ヴェネディクトが息を乱す。

「や、あ、だめ、あ、そんなに、しちゃ、あ、あぁ、あぁ、ああ」

フローレンスは揺さぶられるたびに、悩ましい嬌声《きょうせい》を上げ腰をがくがくと痙攣させる。

これまで、ヴェネディクトの指や舌で教えられてきた官能の快楽とは、ぜんぜん次元が違っていた。

激しく情熱的で、なにもかも奪われていく。

深く奥をえぐられるたび、意識が飛ぶ。

達しているのかと思うけれど、もう、何度も達している気がする。

しかもそれが、どんどん激烈になっていく。内壁から新たな蜜が粗相《そそう》でもしたみたいに、びしょびしょに溢れてきて、ヴェネディクトの律動が滑らかになったきた。

最初の衝撃が過ぎると、浅い呼吸をするたびに自分の媚肉がきゅうきゅう収縮して、ヴェネディクトの剛直を締め付けてしまうのが感じられた。

「ふ――そんなに締めないでくれ、終わってしまうだろう」

ヴェネディクトがくるおしい声でささやく。

こちらは意識してやっているわけではない。

「だ、だって、もう、変に……おかしくなって……」

魂がどこかに飛んで行ってしまいそうで、ほろほろと涙を零す。

「ああ、そんな顔で泣くな。あなたの涙は腰にくるぞ」

ヴェネディクトが顔中に口づけして、涙を舐め取った。そのまま、深い口づけを仕掛けてくる。ヴェネディクトの口づけは巧みで、いつもそれだけで下肢が蕩けてしまいそうに気持ちいい。気持ちいいから、安心して舌を搦める。

そうすると、柔襞まで嬉しげに肉棒を包み込んで、はっきりとした快楽が意識できた。

「んふ、ふあ、ふ、ふぅうんん」

「気持ちよくなってきたか?」

腰をリズミカルに穿ちながら、口づけの合間にヴェネディクトが聞いてくる。

「んんぁ、あ、なんだか、すごくて、あぁ、もう私……」

口ではうまく言えない。濡れた目でヴェネディクトを見つめ、満たされる悦びを伝える。

「そうか——私もものすごく気持ちいい。これがこんなに悦いと知ったら、もう、あなたを手放せないな」

甘い低い声が途切れ途切れに乱れ、ヴェネディクトが心地よく感じているのだとわかる。

「う、れしい……離さないで、ください」

「離すものか、私のフローレンス」

「ヴェネディクト様……好き……大好き……」

「そうか、では本気を出すぞ」

ヴェネディクトはそう言うや否や、フローレンスの腰を強く引きつけ、がむしゃらに腰を打ち付けてきた。

「ええっ？　あ、あああぁ、だめぇ、そんなにしちゃ、あ、あぁあぁっ」

くるおしい速度でいきり勃った肉棒が、苛烈な抽挿を開始する。

これまでの律動は、手加減してくれていたのだと気が付く。

奥の奥まで突き上げられ、脳芯が焼き切れそうな衝撃が襲ってくる。

「ああ、あ、壊れ……あ、すごい、あ、すご、あ、は、はぁ、はぁあぁっ」

恐ろしいほどの快楽に意識が蕩けきってしまう。

熱く熟れた肉襞が、本能のままにヴェネディクトの肉槍を強く締め付けて、さらに奥へと引き込もうとする。

「いい、気持ちいいぞ、フローレンス、私のフローレンス！」

一心不乱に腰を振り立てながら、ヴェネディクトが獣のように咆哮する。

彼の力強い動きで、大きなベッドがぎしぎし軋んだ。

「やぁ、奥、当たって、あぁ、これ、あぁ、だめに……ダメに、なっちゃうぅ」

断続的に襲ってくる絶頂の高波に理性は押し流され、フローレンスは自ら腰をうごめかせて、ヴェネディクトの精を搾り取ろうとした。

「もっとダメになれ、フローレンス」

ヴェネディクトは腰をさらに振り立てながら、結合部に片手を潜り込ませてきた。そして、ひりつく陰核をぬるぬると指で擦ってきた。

きゅうっと胎内が痙攣《けいれん》して、ヴェネディクトの肉胴をきりきりと締め上げてしまう。そうすると、自分も信じられないくらいに感じ入ってしまう。

「ひやぁあ、あ、だめぇ、そこだめ、しちゃだめぇ、あ、やだ、あ、あぁ、あ、も、やだ、ぁ、達《い》って、あぁん、また、達っちゃううぅ」

初めて知る恐ろしいくらいの快楽に、フローレンスは我を忘れて泣き叫んだ。

「そんなに泣くな、もっといじめたくなる」

はあはあと息を荒がせながら、ヴェネディクトが恐ろしいことを言う。

「え？　嘘、や、も、だめ、だめ、なの、ゆるして、だめなのにぃ……っ」

もはやヴェネディクトの与える快楽を貪る雌に成り果てていた。

「気持ちいいか？」

「い、いいいっ、きもち、いいっ」

「これが好きか？」

「好き、好きぃ、それ、いい、好きぃ」

「私が好きか？」

「好き、大好き……っ」

「愛しているか？」

「愛してる、愛してるぅ、ヴェネディクト様ぁ」

もう恥じらいも捨て、彼の要求に快感に素直に答えるのみだ。

ふいにヴェネディクトがぶるりと胴震いした。

「──っ、終わる──出す、出すぞっ」

腰の律動が小刻みになったかと思うと、最奥でヴェネディクトの半身がどくんと大きく脈動した。

その直後、フローレンスの頭は真っ白になった。

「あっ、あぁ、あぁあぁあっ……っ」

「は、はぁっ──」

ヴェネディクトが荒々しい吐息を漏らす。

どくどくと大量の精の白濁液が、フローレンスの胎内に放たれる。

「……ぁ、ぁ、あぁ……熱いの……が……」

自分の中が彼の欲望で満たされていく。

フローレンスは初めての感動に、うっとりと目を閉じた。

頭が朦朧《もうろう》としている。

全身がぐったり脱力し、心地よい疲労感に包まれていた。

「ふ——う」

ヴェネディクトが大きく息を継ぎ、ゆっくりとフローレンスの上に倒れ込んできた。

汗ばんだ重い男性の肉体の感触が、とても心地よくて愛おしい。

同じ快楽を分け合い、同じ高みに上ったのだ。

「——少し、激しくしてしまったな」

耳元でヴェネディクトが反省したような声色で言うので、再び胸がきゅんと甘く痺れる。

「いいえ……やっとほんとうに結ばれて……嬉しかった……」

ヴェネディクトは顔を上げ、目を細めてフローレンスを見つめる。

「私もすごく嬉しい」

「ふふ……」

飾り気のない言葉が、真実味を持って胸に迫る。

「大事にする、フローレンス」

「はい」

「愛しい」

「はい」

「愛しいぞ」

「はい」

「愛しい！」

平常心に戻ってきたのか、次第に彼の声量が大きくなってきた。

いつもの迫力ある地声で告げられる愛の言葉も、やっぱり胸に沁みる。

要するに——ヴェネディクトのことを丸ごと愛してしまったのだ。

ゆっくりと引き抜かれると、その喪失感にもぞくぞく感じてしまう。

たらたらと愛液とヴェネディクトの精液が混じったものが掻《か》き出され、股間を生温《なまぬる》く濡らす感触にも、いやらしく感じ入ってしまう。

「あん……」

ヴェネディクトはフローレンスの秘所に目をやり、感慨深げにつぶやいた。

「少し出血している——ほんとうにあなたの初めてを奪ってしまったな」

彼が自分の寝間着でフローレンスの汚れた股間を丁寧に拭ってくれた。

それから隣に横たわり、そっと腕枕してくれる。

「痛むか？」

「いいえ、それほどでも……」

「私も初めてで夢中だった――次からはもっと優しくする」

「そうですか――ん？」

フローレンスは目をぱちぱちさせた。

「え？　あの、その……ヴェネディクト様も初めて、だったのですか？」

ヴェネディクトが生真面目に答えた。

「そうだ――最初の結婚は、花嫁が当日に駆け落ちしてしまったからな」

「あ……」

「あの日以来、私は真に愛する女性のために、騎士の貞節を誓っていたのだ」

「うわ……」

ガタイのいい男盛りのヴェネディクトが、自分の欲望を律してフローレンスに接していたと知り、感動で胸が打ち震える。

フローレンスはヴェネディクトの広い胸に顔を埋め、甘くささやく。

「そういえば、ヴェネディクト様はいつから私のことを愛してくださったのですか？」

「む――それは、最初に出会ったときからずっとだ」

一瞬答えに詰まったような気がしたが、その答えに満足し、フローレンスは小さくため息をついた。

幸せだ。
こんなに幸せでいいのだろうか。
でもきっと、この幸せはずっと続く。
やがてフローレンスはとろとろと心地よい眠りの中に落ちていった。

第四章　コワモテ殿下とベタ甘新婚生活始まりました

翌日、国王陛下が王弟ヴェネディクトとフローレンスの婚姻決定を正式に告知してくれて、二人は公認の仲となった。

フローレンスはそのまま王城に留《とど》まり、結婚式の予定が決まるまで、これまで通りヴェネディクトと生活を共にすることになった。

晴れて両思いになったヴェネディクトは、フローレンスへの愛情を全開にした。

どんなに公務が忙しい時でも、朝昼晩の食事は必ずフローレンスと摂り、時間が許す限り、王家のことや城内の仕組みなどを伝えてくれる。王家専用の地下の緊急脱出用の通路のありかとか、王家の重要書類や鍵類などを保管している図書室の裏の管理室の存在など、機密に関することも詳しく教えてくれる。その度に、王弟妃としての心構えを、フローレンスも強くした。

そして——夜はこれまでの禁欲を取り戻すかのように激しく抱いてくる。

ヴェネディクトの言葉は相変わらず不器用だが、常にフローレンスを気遣い大切にしようという思いに溢れていた。

フローレンスはそんなヴェネディクトへの愛が、日々深まるのを感じていた。

ある朝食の時間のことである。

早朝の騎馬兵団の鍛錬を終えたヴェネディクトは、旺盛な食欲で皿の上のものを平らげていたが、ふと思いついたように話かけてきた。

「フローレンス、ずっと城の中にばかりいては退屈であろう?」

フローレンスはにっこりして答える。

「いいえ、王弟殿下妃になるための心得や嗜《たしな》みやマナーを学ぶために、毎日勉強に忙しくて、ちっとも退屈なんかしておりません」

「ふむ――でも息抜きも必要だ」

ヴェネディクトはナプキンで口を拭いながら、さりげなく切り出す。

「首都の目抜き通りに、『パレス』が開店したのだが」

「まあ!『パレス』といえば、世界的に有名な美味しいケーキのお店ではありませんか?まだこの国にはお店がなかったのですよね?」

「うむ。甘いもの好きな淑女たちの間では評判になっているそうだ」

「どのお店も、予約が取れなくて、お店の前に長蛇の列ができるとか?」

「その通りだ。私が付き添うから、週末にその店に連れて行ってやろう」

「まあ、嬉しい!」

フローレンスは思わず両手を打ち鳴らして喜んだ。

確かにお城の中の生活には何の不満もなかったが、まったく外出できないのが少しだけ辛かったのも事実だ。

「でも……そんなお店に、ヴェネディクト様が同伴されてもよろしいのですか？　私なら、ルイーゼや護衛の兵士さんたちとだけでもかまいませんのに」

ヴェネディクトがキッとした顔になる。

「騎士はいついかなる時でも忠誠を誓った淑女をお守りする義務がある。私一人で護衛兵三十人分の働きはする」

堅苦しく言われ、フローレンスは苦笑する。

「では、護衛をよろしくお願いしますわ、騎士様」

ヴェネディクトが機嫌よく胸を拳で叩いたので、フローレンスは笑みを深くしてしまう。

「まかせておけ」

その週末。

王家の馬車が、首都の目抜き通りに出来たばかりの洋菓子店「パレス」の前に横付けされた。

店の前で並んで入店の順番を待っていた人々は、馬車からぬっと降りてきた巨漢の男性が、王弟殿下であることに気がつきどよめいた。

ヴェネディクトは平然として、後から下りてくるフローレンスに手を貸した。

「やはり、たくさんの人が並んでいますね。とても賑《にぎ》やか」

フローレンスは久しぶりの外出に、目を輝かせる。

「うむ、私たちも並ぼうか」

二人が列の後方へ向かおうとすると、王弟殿下の来店を知ったのか、店から店主が色を変えて出てきた。店主は平伏しそうな勢いで、ぺこぺこと二人の前で頭を下げる。

「これは王弟殿下、我が『パレス』にわざわざのご来店でございますか?」

ヴェネディクトは威厳のある態度で告げる。

「そうだ。『パレス』のアフタヌーンティーセットを許嫁《いいなずけ》と共に味わいにまいった」

「では、特別席を設けますので、すぐに中へご案内します」

店主はどうぞどうぞと勧める。

するとヴェネディクトは首を横に振る。

「いや、我々だけ特別扱いはするな。私たちも並んで待とう」

「えっ、そんな。王家の方を立たせてお待たせするなんて——」

店主が狼狽えると、ヴェネディクトは口の端を持ち上げていつもの大きな地声で答える。

「無用!」

フローレンスには、ヴェネディクトがにこやかに答えているつもりなのがわかっていたが、そんなことは知らない店主は震え上がった。

「は、はははいっ、御意、ど、どどうぞ、お並びくださいっ」

「うむ、ではフローレンス。行こうか」

ヴェネディクトが右手の肘を上げ、脇を空ける。フローレンスはそこに自分の手を添えた。

二人が並んで列の最後尾へ向かうのを、並んでいる人々は驚愕《きょうがく》と畏敬の念で眺めていた。

最後尾に並んだヴェネディクトはぼそりとつぶやく。

「待つことも、あなたとなら楽しい」

「ふふ、そうですね。待つことが最上の前菜、って言いますもの。どんなケーキがあるのか楽しみに待っているのも、ワクワクします」

フローレンスは、王家の特権を乱用しないヴェネディクトの清廉さがとても心に沁みた。

一時間後、ようやく二人の順番が回ってきた。

「邪神の王弟殿下」がのしのしと入店してきたのを見て、他の客たちがざわめく。

ヴェネディクトとフローレンスは、一般の客たちに混じって案内された席に着く。

周囲の視線が二人に集中した。

見られて当然だろうと思うが、フローレンスは落ち着かなくて仕方ない。しかし、王弟妃になればこうした衆人の視線に晒される機会も多いのだと、堂々と着席しているヴェネディクトを見習おうと思い直した。

ヴェネディクトはボーイが差し出したメニューを受け取り、重々しい口調で告げる。

「アフタヌーンティーセットを二人分――それと」

彼はメニューの上から下まで、指で辿った。

「ここのケーキを全部」

「えっ? ヴェネディクト様、そんなに食べきれません」

フローレンスが注意すると、ヴェネディクトは平然として答える。

「かまわぬ、残りは私が食べる」

程なく、テーブルの上に溢れるほどのケーキ類が並んだ。

「わあ! どのケーキもとても美味しそう」

フローレンスは目を輝かせた。

選んだケーキをひと口ひと口味わう。

「ああ口の中で蕩けます。幸せ」

にこにこしながらケーキを食べているフローレンスを、ヴェネディクトは目を細めて見ていたが、自分はいっこうにケーキに手を伸ばさない。

「ヴェネディクト様、召し上がらないのですか?」

フローレンスがきょとんとすると、彼は当然のように言う。

「淑女優先だ。あなたが満足するまで待つ」

「え、そんな。こういうものは一緒に味わってこそ、さらに美味しく感じるものなのですよ」

「そうなのか?」

「そうですよ」

「では、いただく」

ヴェネディクトはやにわに皿に手を伸ばすと、ぱくりとケーキを一つ頬張った。ひと口で皿は空になる。

「うむ」

もぐもぐしながらヴェネディクトが大きく頷《うなず》く。

「オレンジピールが効いていて、甘い中に爽やかさがある」

彼は次々にケーキを平らげていく。

「タルト生地のバターとフランべした林檎《りんご》が絶妙な味わいだ」

「ビターなチョコレートにリキュールが利いている」

「パイの層に挟まったカカオクリームが実に香ばしい」

フローレンスはぽかんとヴェネディクトを眺めていた。

周囲の客たちも、美味しそうにケーキを頬張るヴェネディクトを、驚いた顔で見ている。

テーブルの上のケーキ皿は、みるみる空になっていく。

ほとんど平らげてしまったヴェネディクトは、片手を上げてボーイを呼んだ。

「同じ種類を全部お代わりだ!」

「はっ」

大声で注文され、怯えたボーイがすっ飛んでいく。

ヴェネディクトがその後ろ姿を満足げに見遣っている。

フローレンスはやっと腑《ふ》に落ちた。

本当はヴェネディクトのほうがこの店に来たかったのだ。

酒には弱く甘いものが好きな人だった。

きっと、コワモテの彼が一人でこのような女子ばかりが集まる店に来ることが、気恥ずかしくはばかられたのだろう。フローレンスはだしにされたわけだ。

フローレンスは微笑ましくてにまにましてしまう。

「ヴェネディクト様、お口にクリームが付いていています」

「お」

フローレンスは身を乗り出して、自分のナプキンで彼の口元を拭ってやった。

「ふふっ」

フローレンスがくすくす笑うのを、ヴェネディクトは眉を顰めて見た。

「なにかおかしいか?」

「いいえ、ぜんぜん」

フローレンスは自分の皿のケーキを頬張り、ヴェネディクトにうなずく。

「すごく美味しいですね」

「うむ」

二人は顔を見合わせて目を細める。

結局、ヴェネディクトは三回もケーキをお代わりした。

最後の一つを食べ終えたヴェネディクトは、香り高い紅茶を飲み干すと、そっとため息をついた。

「堪能した」

「それはよかったです」

フローレンスがニコニコすると、ヴェネディクトが目元をわずかに赤らめる。

「いや——あなたは満足したか？」

「はい、とても美味しかったです」

「そうか」

おもむろにヴェネディクトが片手を上げてボーイを呼ぶ。

「店長をここへ！」

「かしこまりました」

ボーイに呼ばれた店長が、真っ青になってテーブルにすっ飛んで来た。

「邪神の王弟殿下」が何を言い出すのかと、店内に緊張感が走った。

「な、ななにか、当店のケーキがお気に召さなかったでしょうか？」

店長は緊張のあまり、今にも卒倒しそうな様子だ。

ヴェネディクトが厳格な顔で告げる。

「どの菓子も美味であった！」

大声で怒鳴られ、店主はひゃっと肩を竦めたが、次の瞬間、ぽかんとして顔を上げる。

「は？」

フローレンスがにこやかに口を挟んだ。

「殿下は、このお店のケーキが大変お気に召されたのですよ」

「うむ」

ヴェネディクトがフローレンスの言葉に大きくうなずき、店主は安堵のあまりか、へなへなとその場に頽れそうになった。

「お、お褒めに預かり光栄でございます」

「うむ。今後、『パレス』を、王家の御用達店にしたいのだが、かまわぬか？」

店主はぱっと顔を輝かせる。

「も、もももちろんでございます！」

それまで、息を呑んでいきさつを見ていた周囲の客たちの空気がほぅと緩んだ。

「王弟殿下って、意外にいい人なのね」

「思っていたより怖くないし、ハンサムな方だわ」

「ケーキを、子どものようにあんなにお召し上がりなられて、なんだか微笑ましいわ」

フローレンスは客たちのひそひそ話を耳にして、嬉しくなってしまう。

そうよ、私の愛する王弟殿下はとても素敵な方なの。もっと世間に知られてほしい。

その時、フローレンスは王弟妃になる自分の役割が、はっきり自覚できた。

これまでのヴェネディクトに対する悪評を正し、彼の素晴らしさを皆に理解してもらうのだ。

それが、妻になる自分の使命だとフローレンスは強く思った。


国王陛下とヴェネディクトが話し合った末、フローレンスとの結婚式は新年早々に、国を挙げての大掛かりな祝い事になると決まった。

王家の心得や妃としての嗜みを学ぶ上に、結婚式の準備も始まり、フローレンスはますます多忙になった。

だがそれは、幸福へ向かう準備であり、毎日は充実したものだった。

そんなある日、ルイーゼが遠征に出ていたヴェネディクトの帰還を告げに慌ただしく現れた。

「フローレンス様、殿下がお戻りです」

「まあ、思ったよりお早いお帰りね、お迎えに出るわ」

「それが、殿下は行き先々で、捨てられた動物を拾われてきて――」

「まあ、またなのね。そろそろ捨て犬や捨て猫のための施設を作っていただいた方がいいわね。今回は何匹くらいなの？」

「そ、それが――」

ルイーゼの報告を聞いたフローレンスは、門前に急いだ。

ちょうど騎士団たちが正門前に到着していた。

「ヴェネディクト様はどちらに？」

フローレンスの問いかけに、騎士団員たちがさっと背後を見遣った。

視線の方向へ目をやると、ちょうど坂を上ってヴェネディクトがこちらへ向かって歩いて来るところだった。

なにか背負っている。

栗毛《くりげ》の小馬であった。

フローレンスは小走りで駆け寄る。

「ヴェネディクト様、おかえりなさいませ」

「うむ、フローレンスか」

「とうとう馬まで拾われたのですか？」

フローレンスは目を丸くして、ヴェネディクトの肩に背負われた小馬を見上げた。

「気の毒に、前足を折って道端に捨てておかれてあったのだ」

「足を――それは……可哀想《かわいそう》に」

馬の足は繊細に出来ていて、骨折した馬は回復が難しく破棄されることが多いと聞いている。

小馬は苦しげな涙目でフローレンスを見つめてきた。

生き物を慈しむたちのフローレンスは、胸が痛んだ。

「可哀想に……なんとか手当しましょう」

「ああ、助けてやりたい」

二人は小馬を王家専用の厩《うまや》に運んだ。

敷き詰めた藁《わら》の上に小馬を横たえる。小馬はぐったりしている。

獣医が呼ばれ、骨折した小馬の右前足に添え木をして手当をしてくれたが、ほとんど回復する見込みはないだろうと言う。

「殿下、誠に申し上げにくいのですが、この馬は治癒しません。今夜が苦痛の山場でしょう。苦しめるより、いっそここで安楽死をさせた方がよろしいかと」

獣医の言葉に、ヴェネディクトがぎろりと睨みつける。

「安楽死だと⁉」

獣医はヴェネディクトの威圧感に怯えながらも答えた。

「しかし、骨折した馬など役には立ちませぬ」

「もうよい！　去れ！」

ヴェネディクトが空気をびりびりさせるような怒声を出したので、獣医は震え上がって厩《うまや》から立ち去った。

「ヴェネディクト様……?」

大声は地声なのだが、実はヴェネディクトは滅多《めった》に声を荒げて怒ったりしない。フローレンスは彼の剣幕《けんまく》に少し驚いていた。

ヴェネディクトはハッとしたように声量を落とした。

「すまぬ、ついカッとなった」

フローレンスはそっとヴェネディクトの腕に手をかけた。

「私が小馬のめんどうをみましょう」

「──フローレンス」

「心配なさらないで、一生懸命看病します」

「うむ」

ヴェネディクトが目を細めてフローレンスを見た。

「あなたはいつも、傷ついたものに優しいな」

フローレンスは柔らかな笑みを浮かべる。

「必ず良くなりますから」

「今夜は私も付き添おう」

二人は心を通わすように、そっと手を重ねた。

その晩、フローレンスとヴェネディクトは厩に泊まり込んで、小馬の看病をした。

腫れた足の湿布を何度も取り替え、高熱を出した全身の汗をこまめに拭き取り、口をこじ開けては水分を補給させた。

フローレンスは小馬の頭を何度も撫で、耳元で励ます。

「頑張るのよ、必ず元気になるわ、頑張って」

懸命なフローレンスの姿を、ヴェネディクトは愛しそうに見つめていた。

夜明け頃である。

いつの間にか、二人は小馬の側で抱き合うようにして眠ってしまっていた。

フローレンスは頬に温かいものが押し付けられたような気がして、ふっと目を覚ます。

横たわっていた小馬が半身を起こし首を伸ばして、フローレンスの顔を舐めていたのだ。フローレンスは起き上がって、小馬の骨折した右前足の湿布を外して触れてみる。

「ヴェネディクト様、ヴェネディクト様！」

フローレンスは思わずヴェネディクトを揺り起こした。

ヴェネディクトがぱっと目を開け、ガバッと起き上がった。

「どうした？」

軍人である彼は、目覚めがよい。フローレンスは彼を見上げて微笑んだ。

「小馬の足の腫れが引きました」

「なに⁉」

ヴェネディクトは素早く小馬の前にしゃがみ込み、右前足を慎重に調べる。

「熱が引いたな」

ヴェネディクトは立ち上がり、厩の隅の飼い葉桶《おけ》から燕麦《えんばく》を一握り取り、小馬の口元に差し出した。

小馬はそれをゆっくりと咀嚼する。

「食欲も出たな、山場を乗り越えたのだ」

フローレンスは胸がドキドキした。

「では、もしかしたら回復する望みが出たのでしょうか？」

ヴェネディクトは大きくうなずいた。

「うむ、きっと治る」

「ああ、よかった！」

フローレンスは小馬の首に抱きつき、涙ながらに頬を擦り付けた。

「よかったわ、頑張ったのね、お前、ほんとうによかった」

ヴェネディクトはそんなフローレンスの様子をじっと見た。

彼は持参していた自分の遠征用の背嚢《はいのう》から簡易コンロを取り出すと、それに火を点けた。水を入れた鉄製の小鍋をその上に乗せる。

「お茶を淹れよう」

彼は鉄製の湯飲みに二人分のお茶を入れ砂糖を混ぜて、一つをフローレンスに手渡した。ほかほかで砂糖をたっぷり入れた紅茶は、疲れた身体に染み渡るようだ。

「美味しい……」

フローレンスはほうっとため息をつく。

ヴェネディクトはフローレンスに寄り添って腰を下ろし、自分もお茶を啜った。彼は聞いたこともないような思い詰めた声色で、ぼそりと切り出す。

「──フローレンス、私はあなたに聞かせていないことがある」

「何でしょう？」

ヴェネディクトは一瞬間をおいてから、ぽつぽつと語り出した。

「私は──正当な王家の血筋ではないのだ」

「え──」

「私は、亡き父国王が侍女に生ませた子どもだ」

「──」

「その頃は前王妃も健在で、すでに正式な王太子である兄上がおられたので、前王妃は私をひどく疎んだ」

「――そんな……」

「前王妃の命令で、私は生まれてすぐに母から引き離され、国境の離宮に閉じ込められるようにして育てられた」

「――」

「十歳になったら、私は神殿に神官として送られて、一生王家と縁のない人生を送るはずだった」

「――」

「幼い私は、周囲の者たちに役立たずの厄介者扱いされて育った」

「ひどい……」

「だが、私が十歳になる頃、前国王夫妻は疫病で崩御した。二十五歳で国王となった兄上は、私を正式な王弟として、快く王城に迎え入れてくださったのだ」

「国王陛下が――」

「人徳のある兄上の温情で、私の本当の生い立ちは秘密にされた」

ヴェネディクトはゆっくりと湯飲みから顔を上げ、遠くを見つめるような顔になった。

「私は決意した。病弱な兄上を一生支え、兄上にこの身を捧げ尽くそうと」

その横顔は悲哀に満ちていて、フローレンスは胸を掻《か》き乱《みだ》される。

「私はこの国と兄上のために奮迅の働きをした。悪評も風評も、全く気にならなかった」

「そうだったんですね……」

だからヴェネディクトは、捨てられた生き物に優しいのだ。見捨てられた我が身の生い立ちを重ねてしまうからだろう。

「私の心は鋼《はがね》のように硬くなり、女性を愛する気持ちなど失われていた」

「……」

ヴェネディクトがゆっくりと顔をこちらに振り向ける。

「だが——あなたに出会った」

「……」

「あなたを愛し、私は変わった」

「……」

「フローレンス。あなたは私の心に、人間らしい気持ちを吹き込んでくれた」

「ヴェネディクト様……」

「私の身体には庶民の血が流れている」

「……」

「王弟の妃になる決意をしてくれたあなたに、嘘はつきたくない」

「……」

「正統な血筋ではない私でも、よいか？」

「ヴェネディクト様」

フローレンスは湯飲みを脇に置くと、ヴェネディクトの膝に両手を置いた。そして、まっすぐに彼を見上げる。

「血筋など、あなたのご立派な存在に何も関係ありません」

「フローレンス――」

「国王陛下があなたを心から愛し信頼されていることこそ、あなたが王家の人間である証です」

ヴェネディクトの瞳が揺れる。

フローレンスは心を込めて言う。

「そして、私もあなたを心から愛しています。きっとあなたが王弟殿下というご身分でなくても、私はあなたを愛したでしょう。ヴェネディクト様、私はあなたという一人の人間を、愛しいと思っているのですから」

「フローレンス――」

ヴェネディクトが低く艶めいた声で名前を呼んだ。

「お辛い身の上を、よく打ち明けてくださいました。ずっとお一人で苦しんでこられたのですね。でももう、私がおります。私にあなたの苦しみを少しでも分けてください」

「フローレンス！」

ぎゅっとヴェネディクトが抱きしめてきた。

フローレンスも力いっぱい抱き返す。

これほどこの人を愛おしいと思った瞬間はなかった。

「愛しています、ヴェネディクト様」

「フローレンス、私のフローレンス」

ヴェネディクトが耳元で、消え入りそうな声でささやく。

「ありがとう――」

フローレンスは彼のたくましい腕の中で、小さくため息をつく。ヴェネディクトの少し速くて力強い鼓動に、全身の血が熱くなるような気がした。

そっと顔を上げると、ヴェネディクトの灰緑色の瞳が目の前に迫り、唇が重なる。

「ん、ふ……」

撫でるように彼の唇が滑り、その甘い感触に鼓動が早くなる。

ヴェネディクトの口づけに応えるように顔の角度を変えて、啄ばむような口づけを返していると、次第にそれが深いものに変わっていく。

「ぁ、ふあ、は、はぁ……」

舌が絡まり、強く吸い合いって互いの気持ちがどんどん高まっていく。

深い口づけを仕掛けながら、ヴェネディクトが体重をかけてフローレンスを藁の上に押し倒した。スカートが捲り上げられ、露《あら》わになった足をヴェネディクトの手が愛撫する。

その手がじりじりと太腿の方へ伸びていく。

「あ、だめ……です、こんなところで……」

フローレンスは我に返り、身を捩って逃れようとした。

だが背中を向けたとたん、背後から腰を抱きすくめられそのまま首筋に顔を埋められた。

「もう我慢できぬ」

低く腰骨に響くような色っぽい声が耳朶を擽り、フローレンスはぶるっと身体をおののかせてしまう。

フローレンスの反応に気を良くしたのか、ヴェネディクトは片手で太腿のあたりを撫で回しながら、もう片方の手で胸元をまさぐる。

服地の上から探り当てた乳首を、きゅっと抓《つね》られ、フローレンスはびくんと腰を跳ねさせてしまう。

「あんっ、だめ……」

「そう言いながら、もう乳首がこんなに硬くなったぞ」

ヴェネディクトはからかうように言い、指先で乳首を小刻みに揺さぶった。

「ぁ、あぁ、ん、ひどい……」

甘い痺れが下腹部に走り、フローレンスは敏感に反応してしまう。

「こっちはどうかな？」

股間を愛撫していたヴェネディクトの手が、下穿《したば》きに伸びて絹の布地越しに割れ目をそろりと撫でた。

「はぁっ」

ぞくりと感じ入ってしまい、悩ましい声が漏れてしまう。

「もう湿っぽい」

ヴェネディクトは楽しげにつぶやき、下穿きの端から指を潜り込ませ、秘裂を押し開く。

「ああっ、んん」

くちゅりと粘ついたいやらしい音が立ち、羞恥で全身がかあっと燃え上がった。

「もうとろとろになっている」

ヴェネディクトの節高な指が、蜜口に溢れた愛蜜をぬちゅぬちゅと掻き回した。同時に、鋭敏に尖った乳首も指先で爪弾く。

「はぁ、あ、や、ぁ、あぁ……」

感じやすい箇所を同時にいじられて、フローレンスは身悶えた。

ぬるぬるになったヴェネディクトの指が、花弁を辿って秘玉をくりっと転がすと、腰が蕩けてしまいそうなほど感じてしまう。

「ああっ、あん、だめぇ、あぁそこ……は」

「ここをこうされるのが、好きだろう?」

ヴェネディクトはぷっくり膨れて包皮から頭をもたげた花芯を円を描くようにして優しく転がす。そんなふうに愛撫されると、どうしようもなく心地よい刺激が子宮をきゅーんと甘く痺れさせ、抵抗する気持ちが失われていく。

「だめえ、あ、だめ、そんなにしちゃ……ぁ、あぁ、あぁん」

陰核を撫で回されるたびに、腰がびくんびくんと跳ねて、とろとろと新たな愛蜜が隘路から溢れて股間を淫らに濡らした。

「すごい、もうびっしょりだな」

耳元に感じるヴェネディクトの少し乱れた熱い息遣いにすら、ぞくぞくと甘く腰が痺れる。

快感に腰が求めるようにうねると、背後からのしかかっているヴェネディクトの股間にお尻が触れて、そこが硬く漲《みなぎ》っているのがわかった。

「ああ、いやぁ、もう、そんなにしないでぇ……」

愉悦がどんどん胎内に増幅し、秘玉の刺激だけですでに達しそうだ。

「もう、達《い》きそうか?」

フローレンスの顕著な反応に、ヴェネディクトはますます執拗に指をうごめかせ、陰核を小刻みに揺さぶったり指で摘み上げたりしてきた。

みるみる強い刺激が昂《たかま》り、下肢が痺れて強張った。

「やめ、て、あ、だめ、だめぇ、も、あ、あぁ、あぁ……っ」

「一度達ってごらん」

ヴェネディクトは親指で秘玉を捏《こ》ねながら、揃えた二本の指をぐっと媚肉の狭間に押し入れて来た。そして、お臍の裏側あたりの膨れた天井部分を突き上げた。

そこを押されると、脳芯がどろどろに蕩けて何も考えられなくなる。

「あっ、だめぇえええっ」

あっという間に限界が来て、フローレンスは四肢を硬直させて極めてしまう。

「ぁあぁあっっ」

身体が浮き上げるような愉悦に、隘路の奥からびしゅっと透明な飛沫《しぶき》が吹き出すのを感じた。

感じ入った膣襞が、きゅうきゅうと収縮を繰り返す。

こんなに感じてしまったのに、まだ足りないと思う。ヴェネディクトの硬く太い灼熱で、奥の奥まで満たしてもらいたいと渇望してしまう。

先端だけで達かされてしまうと、逆に内部がくるおしいほど飢えてしまうのだ。

「……あ、あぁ、ぁ……ヴェネディクト様……ぁ」

フローレンスははあと忙《せわ》しない呼吸を繰り返しながら、涙目で肩越しにヴェネディクトを見上げた。

「……お願い……」

「ん？」

ヴェネディクトがわざと素知らぬふりをする。

「い、いじわる……」

「ふふ、ちゃんとおねだりするんだ」

「ぁ、あぁ、もう……っ」

内壁が痛みを覚えるほどうねり、フローレンスを追い詰める。

フローレンスは求めるように腰を後ろに突き出し、声を震わせた。

「く、ださい、ヴェネディクト様……ヴェネディクト様の、大きくて太いものが、欲しい……」

淫らなせりふを口にしてしまうと、身体中がさらにヴェネディクトを欲して止まなくなる。

尻を振りたててさらに恥ずかしいおねだりをしてしまう。

「早くぅ、欲しいの、お願い、挿入《い》れてください……」

「可愛い私のフローレンス――素直でいやらしいフローレンス」

腰骨に響くような低音でささやきながら、背後でヴェネディクトがトラウザーズを緩める気配がし、フローレンスの媚肉は猥りがましい期待にさらにひくついた。

「あなたが欲しいのはこれか？」

どろどろの肉うろに熱く滾《たぎ》る屹立の先端が押し当てられる。その生々しい感触だけで、子宮の奥がじーんと痺れる。

「はあっ、あ、それ、それがいいのぉ」

思わず自ら腰を後ろに突き出して、挿入を促してしまう。

「おねだりがずいぶん上手になった」

ヴェネディクトは膨れた亀頭で綻んだ花弁をぬるぬると擦る。

「あん、熱い……ぁあ……」

彼の欲望に触れられた箇所が、火が点いたように燃え上がる。

「行くぞ」

ひと声かけると同時に、ずぶりと剛直が最奥まで突き入ってきた。

「ひぁっ、あ、あぁあっ」

挿入の激しい衝撃に、フローレンスはあっという間に極めてしまう。

全身が小刻みに震え、一瞬気が遠くなった。

「あなたの中も溶けそうに熱い――最高だ」

「あぁ、あ、あぁん」

愛おしい人に身も心も満たされる悦びに、フローレンスは幸福感で目が眩《くら》みそうだ。胎内を満たしている太い脈動の心地よさに、目をうっとりと閉じた。

「ふ――すごい締め付けだ。終わってしまいそうだ」

背後でヴェネディクトがくるおしげに息を乱す様にも、ひどく感じ入って、さらに媚肉がきゅうぅっと収斂した。

「くっ、ダメだ、フローレンス、そんなにきつくしては――」

ヴェネディクトはフローレンスの細腰を抱えて引き付けると、肉楔をがつがつと打ち付け始める。

「はあっ、あぁっ、あ、あぁあっ」

熟れた膣壁を硬い肉茎が擦り上げて行くのが堪《たま》らなく気持ちいい。その上に、背後から貫かれると、太い根元と陰嚢《いんのう》が秘玉を刺激して、得もいわれぬ愉悦がさらに加算される。

「ふぁっ、あ、あぁ、すごい、ぁあ、すごいのぉ……っ」

フローレンスは四肢を突っ張らせ、髪を振り乱して甲高い嬌声を上げて喘いだ。

「あぁ、だめ、だめぇ、あぁ、もう、そんなにしないで……っ」

あまりに感じすぎておかしくなりそうで、思わず腰が逃げようとしてしまう。

しかしヴェネディクトの大きな手がフローレンスの腰を逆に引きつけて、灼けつく肉棒で縦横無尽に突き上げてくる。

「ひぃ、ひ、ん、んんっ、あ、あぁ、はぁあ」

ヴェネディクトの勢いに耐えきれず、フローレンスは藁の上にうつ伏せに倒れこんでしまう。

ヴェネディクトはその上にのしかかるようにして、さらに律動を速めた。

片手が乳房に伸ばされ、乳首を指で抉られる。じんと痺れる刺激がうねる膣襞に走り、さらに快感が強くなる。

「やぁっ、だめ、そこも……だめぇえ」

与えられる愉悦の凄まじさに、フローレンスは目尻に涙を溜めて甘くすすり泣く。

「可愛い、フローレンス、乱れるあなたもたまらなく可愛い」

ヴェネディクトはフローレンスの片足を抱え上げ、横抱きのような体位にする。この形にされると、ヴェネディクトからは結合部が丸見えになってしまう。

「そら、真っ赤に染まった花びらが私のものを嬉しそうに頬張っている」

ヴェネディクトが嬉しげにささやく。

「あぁん、言わないで、恥ずかしいっ……っ」

「恥ずかしいのがいいのだろう？　また締まってきた」

ヴェネディクトは上半身を起こし、くちゅんくちゅんと淫らな水音を立てて、濡れ果てた蜜口から屹立が出たり入ったりする様子を、熱い視線で見つめる。

あられもない姿をヴェネディクトに凝視されていると思うだけで、なぜかますます肉体は熱く燃え上がってしまう。

「見ないで、あぁ、見ないでぇ……」

「だめだ、全部見てやろう」

ヴェネディクトは媚肉を擦り上げては引き戻し、最奥へ挿入したまま腰を大きく押し回したりと、多彩な動きでフローレンスを追い詰めていく。

「……ぁああ、あ、奥、あぁ、当たるぅ、当たるのぉ、すごい、あぁ、すごいぃ」

もはやフローレンスは官能の悦びを貪るだけの雌に成り果て、ヴェネディクトとの交歓に酔いしれた。

揺さぶられるままに、ヴェネディクトの律動に合わせて内壁を収縮させていると、彼が苦しげに息を吐く。

「──も、う、終わりそうだ──フローレンス」

「ぁ、あぁ、来て、来て、ヴェネディクト様、お願い、一緒に、一緒に……」

もう数えきれないほど極めてしまっていたが、最後はヴェネディクトと共に快感の頂点を目指したかった。

どくんと胎内でヴェネディクトの欲望のかさが増す。その熱く太い剛直で媚壁を擦られると、子宮口のあたりがやわやわと包み込んで奥へ引き込もうとする。

「あ、あぁ、あ、すご……ぁ、あぁん」

「く、もう、出すぞ、フローレンス、あなたの中へ──っ」

「ふぁ、あ、来て、達く、達くのぉ、いっぱい、いっぱい、ください……っ」

ヴェネディクトの腰の動きが加速され、フローレンスをがくがくと揺さぶった。

「――っ、フローレンス――っ」

ヴェネディクトが低く唸り、びゅくびゅくと熱い飛沫がフローレンスの最奥めがけて吐き出される。同時に、フローレンスも真っ白な快感の極みに達する。

「あ、あぁ、あぁ、あぁあああっ……っ」

四肢が硬直し、意識が薄れ、ただ気持ちいいとしか感じられない。

「く――っ」

ヴェネディクトは何度か強く腰を穿ち、断続的に射精を繰り返す。

そのたびに、フローレンスの熟れ襞はきゅうきゅうと肉棒を絞るように締め付け、熱い精をことごとく受け止める。

大きく息を吐いたヴェネディクトは、ぐったりと脱力したフローレンスを愛おしげに見下ろした。

「そんなにも感じてくれて、嬉しいぞ」

彼はまだフローレンスに繋がったまま、硬度を保った肉棹でぐるりと内壁を掻き回した。

「あっ、あ、だめぇ……今、動いちゃ……っ」

愉悦に朦朧としていたフローレンスは、目を見開いて腰をぴくんと跳ねさせた。

ヴェネディクトの吐精でぬるぬるになった媚肉の中を抜き差しされると、淫らな感覚が再び熱く蘇ってくる。

「いや、いやぁ、だめぇ、もう、死んじゃう、死んじゃう、からぁ……」

これ以上感じたら、本当に死んでしまいそうな錯覚に、フローレンスは赤子のようにすすり泣く。

「死なぬ、気持ちよいだろう、そら、これはどうだ？」

最奥をずぐずぐと押し開くように突き上げられ、頭の中が喜悦でくらくら揺れた。

「ひ、あ、だめぇ……」

全身の毛穴が開くような感覚に、胎内のどこかが緩んでびしゅっと大量の潮が吹き零れた。

「やだぁ、あ、出ちゃう、あぁ、出ちゃうの、やぁ……っ」

「すごいな、びしょびしょだ、そら、これはどうだ？」

ヴェネディクトの欲望は完全に復活していて、その剛直がぎりぎり根元まで引き抜かれ、どうしようもなく乱れてしまう奥の箇所を的確に突き上げてくる。

「ひぅう、あ、や、だめ、あ、だめぇぇ」

「気持ちよいか？」

「い、いい……気持ち、いい、いいから、もう……許して……」

フローレンスは息も絶え絶えになって、ヴェネディクトの揺さぶりに酔いしれた。

ヴェネディクトの疲れを知らぬ攻めは、日が昇り、朝の騎士団の鍛錬の時間が来るまで続いたのだった。

身支度を整え、平然とした様子で鍛錬に出かけていくヴェネディクトの後ろ姿を、フローレンスは脱力したままぼんやりと見送る。

彼が底知れぬ体力の持ち主であることを、改めて思い知らされる。

愛情を全開にしたヴェネディクトの交歓の激しさに、嬉しいやら怖いやらで、フローレンスは大きくため息をついたのである。

その後、小馬の怪我は、フローレンスの献身的な介護のせいもあってか、奇跡的な回復を見せた。自力で走り回れるまでに治癒した小馬に、獣医も感嘆した。

フローレンスとヴェネディクトは小馬に「幸福」という意味のリュッカという名前を付け、王室付きの馬として飼育し、可愛がった。

リュッカはフローレンスにとても懐いた。

ヴェネディクトはリュッカをフローレンスのために、乗馬用の馬として訓練してくれた。

小柄なフローレンスには、小馬のリュッカの大きさがぴったりだったのだ。

ヴェネディクトはリュッカに婦人用の鞍を着けて、フローレンスに乗馬の手ほどきをしてくれた。いつか一緒に城外で遠乗りに出ようと、二人の夢は膨らんだ。

新年の結婚式の準備も着々と整い、フローレンスは幸福の絶頂にいた。

だが――、秋が深まったある日、思いもかけない来客がヴェネディクトを訪れたのである。

第五章　愛する人が裏切り⁉　崩れていく幸せ

その日。

王室用の馬場で、従者に手綱を引いてもらいリュッカに乗って歩行の練習をしていたフローレンスの元へ、ひと目をはばかる様子でルイーゼがやって来た。

「あの――フローレンス様。王弟殿下にご来客が――！」

フローレンスは従者に馬を止めさせ、その者に手助けされて下馬した。

「どうしたの？　ヴェネディクト様のご来客のことを、なぜわざわざ私に？」

フローレンスはただならぬルイーゼの様子に、馬場から出て歩み寄った。

ルイーゼは小声で告げる。

「来客は――エヴリーナ・アクセル伯爵夫人でございます」

「エヴリーナ・アクセル伯爵夫人――どなた？」

「その――王弟殿下の前の結婚相手の方です」

「え……？」

思いもかけないことに、フローレンスは声を失う。

確かに、ヴェネディクトは十五年前に、政略結婚で一度結婚している。だが、相手の女性は他に恋人がいて、結婚式当日にその男性と駆け落ちしてしまったと聞いている。ヴェネディクトは騎士の矜持から、男性の自分に非があって離婚したという建前を貫き、女性の名誉を守った。

その後、その女性は音信不通のままだという。

なぜ今頃になって、元結婚相手の女性がヴェネディクトに会いに来たのだろう。

フローレンスの胸がざわついた。

「ヴェネディクト様は、まだそのご婦人と面会中ですか?」

「はい、第二応接室です」

「そう……私は、お部屋に帰ります」

フローレンスはうつむいて城内へ戻った。後から付き従ったルイーゼが、声をひそめて言う。

「フローレンス様。私は王弟殿下に長年仕えてまいりました。ですので、殿下の最初のご結婚が破談した本当の理由も存じております」

フローレンスはハッとして振り返る。ルイーゼが励ますようにうなずいた。

「非はすべて、相手方にあります。殿下のお心は、フローレンス様にだけ向けられております。きっとなんの心配もございませんよ」

「ありがとう、ルイーゼ。私もなにも気にしてはいないわ」

フローレンスはかすかに笑みを浮かべてみせた。

部屋に戻ると、フローレンスは心を落ち着けようと居間のソファに腰を下ろし、やりかけの刺繍を始めた。しかし、少しも集中できない。

ルイーゼの手前ああ言ってみたものの、心が乱れて仕方ない。

ヴェネディクトが一度は結婚を決めた相手の女性だ。どのような人なのだろう。なんの用事でヴェネディクトに会いに来たのだろう。

フローレンスは立ち上がると、ソファの周囲でおとなしく寝そべっている動物たちに声をかけた。

「ジル、リリアナ、ギース、お願いがあるの」

名前を呼ばれた三匹の犬猫が顔を上げる。

フローレンスは自室の扉をそっと開くと、後ろに待機している三匹に目配せした。さっと彼らが廊下に飛び出し、ものすごい勢いで走っていく。

「あっ、大変です、殿下のペットが逃げてしまいました。捕まえてくださいっ」

フローレンスは大声を上げた。

「はっ」

扉前で護衛していた兵士たちが、性急なフローレンスの声に、慌てて逃げた三匹の後を追いかけた。フローレンスは素早く廊下に出て、一人急ぎ足で第二応接室の方へ向かった。

自分は何をしようとしているのか。気持ちが混乱していた。

第二応接室の扉の前に辿り着くと、フローレンスは息を大きく吸ってドアノブに手を伸ばそうとした。

「――でも、私は今でも貴方様《あなた》を愛しておりますのよ」

中からしっとりと色っぽい声が聞こえてきて、フローレンスはびくりと手を止めた。

「アクセル伯爵夫人――」

困惑したようなヴェネディクトの声。

「あら、エヴリーナと呼んでくださいな。一度は結婚した仲ではありませんか」

「いや――私は」

フローレンスは親密そうな二人の会話に、感情が揺さぶられ心臓がドキドキした。

と、ふいにかつかつと足音が扉に向かってきた。フローレンスは足が竦み動けなかった。

ぱっと扉が開き、そこにヴェネディクトが立っている。軍人であるヴェネディクトは、人の気配を察知する能力に長《た》けているのだ。

「フローレンス!?」

フローレンスは盗み聞きしていた自分のはしたなさに、全身がかあっと熱くなる。

「あ、ご、ごめんなさい……私、私……失礼を……」

しどろもどろになって、慌てて踵《きびす》を返そうとすると、やんわりと手首を掴まれた。

「よい、入りなさい」

怒られると思ったのに、意外にも落ち着いた声でヴェネディクトがフローレンスを部屋の中へ引き入れた。

ソファの上に、艶やかな真紅のドレスを着たスタイルのいい貴婦人が座っている。

年の頃は三十前後か、豊かな栗色《くりいろ》の髪を派手に盛り上げ、目鼻立ちのはっきりした美貌に少し濃いめの化粧がよく似合っている、成熟し気品にあふれた女性だった。

「アクセル伯爵夫人、紹介しよう」

ヴェネディクトはフローレンスの腰を引き寄せ、きっぱりとした声で伯爵夫人に告げる。

「私の許嫁、フローレンス・ニールソン伯爵令嬢だ。私たちは、新年早々結婚式を挙げる」

ヴェネディクトが穏やかな眼差しで促したので、フローレンスは気を取り直して、丁寧に挨拶をした。

「初めまして、伯爵夫人。フローレンス・ニールソンでございます」

伯爵夫人はちらりと値踏みするような眼差しでフローレンスを見た。

「あらまあ、その方が、噂の婚約者の方ですの——こちらこそ、エヴリーナ・アクセルです」

伯爵夫人はすらりと立ち上がり、優美に礼を返してくる。フローレンスより背が高かった。

濃厚な甘い香水の匂いがする。

フローレンスは、自分がひどく子どもっぽく感じてしまう。

伯爵夫人は、小柄なフローレンスを見下ろすようにしてさらりと告げる。

「ヴェネディクト様には、多少のご縁があるものですわ」

ヴェネディクトがかすかに眉を顰める。

「アクセル伯爵夫人、昔の話だ」

伯爵夫人は満面の笑みで答える。

「あら、つれないこと」

彼女は手にしていた孔雀《くじゃく》の羽の扇で口元を隠し、おほほと気取って笑った。それから、フローレンスの方は見ようともせず、ヴェネディクトに媚態《びたい》を含んだ声色で言う。

「では、先ほどのお話は考えてくださいますかしら?」

ヴェネディクトはうなずく。

「善処する。後で侍従を寄越すので、貴賓室の方へ案内させよう」

伯爵夫人は熱い眼差しでヴェネディクトを見遣る。

「まあ、嬉しいわ。やはり、ヴェネディクト様はお優しい方」

「――では、一旦失礼する。フローレンス、おいで」

ヴェネディクトは堅苦しい態度を崩さず、フローレンスの手を取って第二応接室を退出した。

フローレンスは背中に刺さるような伯爵夫人の視線を感じていた。

背後で扉が閉まるや否や、フローレンスはぺこりと深く頭を下げた。

「ごめんなさい、ヴェネディクト様。私ったら、呼ばれもしないのに、のこのこと現れて。本当に無礼でした」

「いや、私の方からあなたを呼び出す心づもりだったので、かまわぬ」

ヴェネディクトがぽんぽんとあやすように頭を軽く叩く。

いつもの優しい態度に、気持ちがやんわり温かくなった。

「少し歩きながら話そうか」

ヴェネディクトが腕を差し出したので、フローレンスはそこに自分の手を添えた。

二人は奥庭に続く回廊をゆっくりと歩いた。

ヴェネディクトは声量を落として語る。

「伯爵夫人とは、確かに昔結婚したが、結婚式の当日にあの人は他の男性と遁走《とんそう》してしまい、それきりだ」

「はい、そのあたりのご事情はうかがっております」

「その後、あの方はすぐにその男に捨てられ、実家の伯爵家に戻り、高齢のアクセル伯爵と結婚したのだが」

「……」

「その伯爵もすぐに亡くなり、それからはひどく零落してしまったというのだ」

「まあ……」

「住んでいた家屋敷も借金のカタに取られ、生活に困窮した伯爵夫人は、私に援助を求めに現れたのだ」

「そういうことなのですね」

ヴェネディクトは生真面目に続ける。

「困っている女性を無下には扱えぬ。多少の縁はある方だ」

「はい」

「しばらく、城の貴賓室に泊めて差し上げ、その後、いくばくかの援助はしてあげようと思う」

「はい」

「それで、あなたはかまわないだろうか?」

忌憚《きたん》なく話してくれるヴェネディクトの誠実さに、フローレンスは少しでも動揺した自分の心の狭さを恥じた。

まっすぐヴェネディクトを見上げ答えた。

「もちろんです」

ヴェネディクトはフローレンスの澄んだ視線に、少し眩しそうに目を細めた。

「愛しているのは、あなただけだ。フローレンス」

フローレンスは愛おしさと嬉しさに胸がいっぱいになる。

「私も、ヴェネディクト様だけが大好き」

「その言い方——世界一可愛いぞ」

ヴェネディクトの顔が柔らかく解け、二人はぎゅっと抱き合う。

と、そこへ、騎兵団員の一人があたふたと駆け寄ってきた。

「殿下、殿下、緊急です！」

「なにごとだ？」

ヴェネディクトの様子がさっと戦闘モードに切り替わる。

騎士団員は息を切らしながら報告する。

「で、殿下のペットが全員、城中を逃げ回って、つ、捕まりません」

「なんだと⁉」

「あっ……」

フローレンスは部屋を出てくるときに、きちんと扉を閉めていかなかったことを思い出した。

命令した三匹の後から、残りの動物たちも出て行ってしまったのか。

「城中てんやわんやであります！」

騎士団員の報告に、フロレーレンスは焦ってヴェネディクトに告げる。

「ご、ごめんなさい、私がみんなを出してしまったの」

ヴェネディクトが苦笑した。

「なんだ、そんなことだったのか」

彼はすうっと大きく息を吸うと、口元に指を丸めて当てる。

そして、指笛を吹いた。ひゅーっと鋭い音が響き渡る。

一番最初に、ハヤブサのキキが上空からヴェネディクト目掛けて飛翔《ひしょう》してきた。キキはふわりとヴェネディクトの肩に留まった。それを皮切りに、三々五々、動物たちが集まってくる。

そして――。

数分後には、回廊に動物たちが全員ずらりと整列していた。

ヴェネディクトは少し怖い顔で彼らを睨んだ。

「皆、戻るぞ!」

ヴェネディクトはフローレンスの手を取ると、先頭で歩き出す。

動物たちはぞろぞろと従順に二人の後に続いた。

城内の人々は、奇妙な行進を目を丸くして見ている。

ヴェネディクトが生真面目な顔を崩さないので、フローレンスはおかしさが込み上げて、仕方ない。

「ふふっ――本当にヴェネディクト様は動物の神様みたいです」

ヴェネディクトは声をひそめて答えた。

「からかうな。これでもかなり冷や汗ものなのだ」

「うふふ」

「笑うな」

そう言いながら、ヴェネディクトの頬も緩んでいる。

二人は顔を見合わせて、笑みを交わした。

二人の絆《きずな》は硬い。

なにも揺らぐことはないのだ、とフローレンスは気持ちを強くした。

その後、行き場がないと言うアクセル伯爵夫人は、城内の貴賓室にしばらく宿泊することになった。ヴェネディクトの指示で、彼女は一級の客人としての待遇を受けた。

アクセル伯爵夫人が王弟殿下の元妻という立場を振りかざし、城内で我が物顔に振舞っていると、ルイーゼからの報告を聞いた時も、フローレンスは動揺することはなかった。

ほんのしばらくのことだ。

そのうち、ヴェネディクトが彼女に相応の援助を施し、アクセル伯爵夫人は城を出ていくだろう。

だが数日後、ルイーゼが真っ青になってフローレンスの元へ飛んできたのだ。

「フ、フローレンス様、い、一大事、です！　アクセル伯爵夫人が、ヴェネディクト様と密談して——！」

フローレンスはただならぬルイーゼの様子に目を見張る。しかし、落ち着いてたしなめた。

「ルイーゼ、なにを慌てているの？　伯爵夫人はヴェネディクト様に援助を受けるので、お話しすることもあるでしょう？　それを密談だなんて、失礼ですよ」

フローレンスが正すと、ルイーゼは口ごもる。

「あの、その——実は、私、伯爵夫人の動向が気が気ではなくて、お茶をお出しした後、こっそり扉の外で立ち聞きをしまして——ですので、このことは王弟殿下にはご内密に——」

「人の話を立ち聞きするなんてはしたない行為です」

フローレンスは少し強い口調で叱責した。

ルイーゼが苦しげな顔になり、ぼそぼそと答えた。

「罰はいくらでも受けます——が、聞いてください、フローレンス様。アクセル伯爵夫人が、先ほど一人の少年を城に招き入れたのです」

「少年、ですか？」

ルイーゼは消え入りそうな声で言う。

「夫人が言うには、その少年は王弟殿下の御子《おこ》だというのです」

「ええっ⁉」

フローレンスは我が耳を疑った。

「御子って……お二人の間にお子様がいたっていうことなの？」

ルイーゼは沈痛な声を出す。

「そう夫人は主張されているようです――」

フローレンスは、全身から血の気が音を立てて引いていくような衝撃を受けた。

「だ、だって……お二人の間には何事もなかったと、ヴェネディクト様はおっしゃって……」

声が震えた。

ルイーゼも悄然《しょうぜん》としている。

「で、でも、殿下も男性であられますし――」

ずきんと胸が抉られるように痛んだ。

だが、必死に気を取り直した。

「ルイーゼ、この話は、私以外には、口外無用です。ヴェネディクト様の名誉に傷をつけてはなりません」

「は、はい。承知いたしました」

ヴェネディクトからそのことを打ち明けらるまでは、こちらから問いただすことはすまい、とフローレンスは心に決める。

きっと、誠実な彼はきちんと説明してくれるはずだ。そう自分に言い聞かせた。

その一時間後のことである。

アクセル伯爵夫人がフローレンスの元を訪れたのだ。

フローレンスは動揺しつつも、表面は落ち着いて対処しようと、アクセル伯爵夫人が通された客間へ向かった。

「アクセル伯爵夫人、わざわざ私の元に足を運んでくださるなんて――」

扉を開けてにこやかな顔をしようとして、フローレンスはどきりと心臓が震えた。

アクセル夫人の隣に、緊張した面持ちの少年が座っていたのだ。

年の頃は十三、四歳か。

ひどく痩せていて顔色が悪い。だが、知的で整った面立ちをしていた。

黒髪で灰緑色の目――ヴェネディクトにそっくりであった。

「……」

フローレンスは声を失い、その場に立ち尽くしてしまう。

「あら、ニールソン伯爵令嬢様、どうぞお座りくださいな。と、訪問した私が言うのもなんですけれど」

アクセル伯爵夫人が気取った声を出す。

「え、ええ……」

フローレンスは二人の向かいのソファに、崩れるように腰を落とした。

真正面から見ると、少年はますますヴェネディクトに似ているように思えた。

「ニールソン伯爵令嬢様、紹介しますわ、この子はレイフ。ヴェネディクト様と私の間に授かった子どもです」

「――まさか、そんな……こと。ヴェネディクト様は、お二人の間にはなにもなかったと、おっしゃっておりました……！」

フローレンスは脈動が速まり、頭がガンガン痛んできた。

動揺しきっているフローレンスの様子に、アクセル伯爵夫人は余裕の笑みを浮かべる。

「あらまあ、殿方のなにもなかったという言葉を、無邪気に信じておられるのですね。結婚式の日、酔ったヴェネディクト様は強引に私を――」

聞きたくもないいきさつに、フローレンスは唇を噛《か》み締《し》めた。

「私は駆け落ちを約束していた男性がおりました。ヴェネディクト様に汚されたことは隠して、その人と結婚したのですけれど、レイフを産んでからは仲がうまく行かなくなりました。だって、ほら、レイフはヴェネディクト様そっくりだったからですわ」

少年がぴくりと細い肩を竦めた。

アクセル伯爵夫人は滔滔《とうとう》とまくし立てる。

「赤子を抱えて、私は実家に戻りました。両親はたいそう怒り、レイフは遠縁に預けられて育ったのです。結婚した夫にもこの事は秘密にしておりました。再会したのは最近のこと。でも、愛しい我が子に変わりはありません」

アクセル伯爵夫人は、優しげにレイフの腕に触れる。

レイフはますます身を固くした。いきなり王城に連れてこられ、怯えているのかもしれない。拾われた子猫のような痛々しい姿に、フローレンスは胸が掻きむしられる。

「でね、ここからが本題なのですけれど」

アクセル伯爵夫人は、急に笑顔を引っ込めた。

「レイフの将来のために、王弟殿下との結婚を破談にしてくださらないかしら?」

「えっ⁉」

「私ね、ヴェネディクト様と結婚をやり直したいの。だってほら、もう正当な後継ぎがいるのですもの。子どもには、両親が必要だわ」

「……」

フローレンスは目の前が真っ暗になりそうだった。

目の前の、男性なら誰もが心惹かれそうな蠱惑的な美女とヴェネディクトと瓜二つ《うりふた》の少年の存在に、フローレンスは打《う》ち拉《ひし》がれた。

これまで、ヴェネディクトと積み上げて来た愛の日々は、幻想だったのか。夢ががらがらと音を立てて崩れていく。

でも、ヴェネディクトへの愛は誰にも負けない自負はあった。

「私は――」

必死に拒絶の言葉を口にしようとすると、それまでうつむいていたレイフが顔を上げ、震える声で言った。

「オレ、いえ私は、父上が、欲しいです」

「っ――」

フローレンスは、ヴェネディクトの生い立ちを思い出す。

両親に疎まれ、寂しく辛い幼年時代を送ってきた彼のことを。

きっと、ヴェネディクトは自分の子どもをないがしろにしたりはしないだろう。

言葉に詰まったフローレンスを、アクセル伯爵夫人は勝ち誇ったように見る。

「ねえ、結婚前の今なら、ご令嬢の経歴にも傷が付きませんわ。どうか、考えてくださらないかしら、ヴェネディクト様の息子のために」

アクセル伯爵夫人は「ヴェネディクト様の息子」という部分に力を込めて言った。

「私……」

フローレンスは衝撃と悲しみで頭が混乱して、何も考えられなかった。

その時だ。

ノックもせずに扉が乱暴に開き、ヴェネディクトが飛び込んで来た。

「アクセル伯爵夫人！　なぜ勝手にフローレンスに会いに来た！」

彼の顔は怒りで引き攣っている。

その剣幕に、レイフが真っ青になり身を縮こませる。

いつもは冷静沈着なヴェネディクトが、感情をあらわにするのは珍しかった。彼はずかずかとアクセル伯爵夫人の方へ歩み寄る。

「その子の問題は、私とあなただけで話し合う約束だったではないか！」

その場を空気をびりびり震わせるような怒声に、さすがのアクセル伯爵夫人もたじたじとした。

フローレンスはレイフが今にも泣きそうな顔になっているのに気がつき、思わず立ち上がってヴェネディクトの前に立ち塞がった。

「ヴェネディクト様、大きな声を出すのはやめてください。子どもが怯えています！」

フローレンスがレイフを庇《かば》うように両手を広げると、ヴェネディクトはハッと我に返ったように動きを止めた。彼はフローレンスの背後で身を震わせているレイフの姿を見ると、声を落とした。

「すまぬ、つい感情に駆られた――」

ヴェネディクトは背後に下がり、どっかとソファに腰を下ろす。そして気持ちを落ち着かせるように額に手を当てて、頭を振った。

「――で、ではまた、出直して参りますわ。ご令嬢、私の話をよく考えてくださいね。さ、レイフ行きましょう」

アクセル伯爵夫人は立ち上がるとレイフを促し、彼の背を押すようにして客間を出て行った。

フローレンスはその場に立ち尽くし、ヴェネディクトは頭を抱えている。

しばらく嫌な沈黙が二人の間に流れる。

「――フローレンス」

ヴェネディクトが振り絞るような声を出す。

「信じてくれ。私は身に覚えがないのだ」

「ヴェネディクト様……」

フローレンスはソファに沈み込んでいるヴェネディクトの側に跪き、そっと彼の腕に手を置く。

「よく思い出してください。前の結婚式の日、あなたは酔っておりましたか？」

ヴェネディクトは顔から手を離し、唸るように答えた。

「少しだけ、酒を嗜んだ。だが、記憶を失うほどではない」

「でも……ヴェネディクト様はお酒に弱いたちですよね……」

ヴェネディクトがキッと顔を上げた。

「私が酔いに任せて女性に手を出したと、あなたは言うのか？」

悲痛な声の響きに、フローレンスは胸が苦しくて泣きそうになる。

「そんなこと、思いたくもありません……でも、でも、あの子がいます……」

ヴェネディクトが喉の奥で唸るように言う。

「フローレンス、私を信じてほしい」

フローレンスは消え入りそうな声で答える。

「……信じたい、です」

ヴェネディクトがゆっくりと顔を上げ、まっすぐこちらを見つめた。彼の灰緑色の瞳には、少しも曇りはない。だがその瞳の色は、レイフと同じだ。

「……少し、頭を冷やしましょう。お互いに……」

フローレンスはふらふらと立ち上がる。

嗚咽が込み上げて、息が苦しい。

「しばらく、私は奥の貴賓室で過ごします。落ち着いて、これからのことを考えたいです」

よろめきながら扉に向かう。

「フローレンス」

血を吐くような響きで名前を呼ばれ、フローレンスは息を呑む。

このまま振り返って、ヴェネディクトに抱きついて泣きじゃくりたい。

だが必死で自分を叱咤《しった》し、部屋を出た。

ヴェネディクトは追ってこようとはしなかった。

廊下にルイーゼが心配そうに立っていた。その周りに、ジルやリリアナを始め、動物たちも気遣わしげに揃っていた。

「ルイーゼ、私はしばらく、貴賓室で暮らすことにします。生活に必要なものをそちらに運んでください」

フローレンスが固い声で告げると、ルイーゼは蒼白《そうはく》な顔になった。

「フローレンス様、どうかヴェネディクト様を信じて差し上げてください」

「信じたい、信じたいわ」

フローレンスは耐えきれずに、嗚き声になってしまった。

「でも、少しでもヴェネディクト様を疑う自分が、許せないの！　それが辛いの！」

両手で顔を覆い、手放しで泣いてしまう。

「フローレンス様、おいたわしい」

ルイーゼがそっと背中をさすってくれた。

動物たちは全員うなだれてしゅんとして、鼻声を上げる。

フローレンスのか細い泣き声が、いつまでも廊下に響いた。


その日から、フローレンスとヴェネディクトは距離を置いて生活することになった。

アクセル伯爵夫人は相変わらず、レイフと共に城内に居座っている。

彼女とヴェネディクトとの間の話し合いは、平行線を辿った。

それまで順調に進んでいた結婚式の準備も、中断したままになってしまう。

レイフの存在は極秘扱いになってはいたが、じわじわと城内にヴェネディクトには隠し子がいるのではないかという噂が広まり出していた。

別居してから一週間後。

鬱々としていたフローレンスは、気晴らしに馬場に向かった。リュッカに乗って乗馬の練習をしようと思ったのだ。

いつか、フローレンスの乗馬の腕前が上達したら、ヴェネディクトと二人で城外へ遠乗りに行こうなどと楽しく語らっていたのは、ついこの間のことなのに——。悲しくてやりきれない。

奥庭を抜けようとして、奥のベンチに人影を見つけ、ハッとした。

ヴェネディクトとレイフが並んで座っていたのだ。

たくましく巨漢のヴェネディクトの横に並ぶと、小柄なレイフはいかにもひ弱に見える。

フローレンスは思わず木陰に隠れて、二人の様子をうかがってしまった。

「——レイフ、君は何か望むことはあるか？」

ヴェネディクトの声色はとても穏やかだった。

うつむいていたレイフが、おずおずと顔を上げる。

「オレは——私は——」

「うん」

「学校に行きたいです」

「――学校？」

レイフはか細いがしっかりした口調で言った。

「私は、今まで一度も学校に行ったことがない。勉強したいんです。私はたくさんたくさん、知識を得たい。そして立派な大人になりたい。私の望みは、それだけです」

「――レイフ」

ヴェネディクトが感に堪えないような声を出した。

「わかった。君の望みは必ずかなえる」

レイフの青白い頬に、わずかに赤みが差す。彼が初めて笑みのようなものを浮かべた。

「ありがとうございます、殿下」

「君は、いい子だ、レイフ」

ヴェネディクトの大きな手が、愛おしげにレイフの頭を撫でた。

「……」

フローレンスは息を詰めて、二人の会話を聞いていた。

レイフを見るヴェネディクトの眼差しは、まるで本当の父親のような慈愛に満ちていた。

彼は、レイフを愛おしいと思っているのだ。

そして、レイフという少年はとても清廉な気持ちの持ち主だとわかった。

「……ああ……」

フローレンスは顔を伏せ、足音を忍ばせてその場を去った。

それに比べ、自分はなんて浅ましいのだろう。

ルイーゼをあんなに叱りつけたのに、自分は平気で盗み聞きをしている。

アクセル伯爵夫人やレイフに、怒りや憎しみがなかったと言えば嘘になる。

ヴェネディクトのことも信じきれない。

自分の中の醜い感情を生まれて初めて知り、苦しくてしかたない。

このまま城にとどまっていても、自己嫌悪で辛くなるばかりだ。

婚約を解消し、ヴェネディクトに暇乞《いとまご》いをしようか。

きっと、ヴェネディクトは承諾しないだろう。

彼が心からフローレンスを愛おしく思ってくれることには、疑いはない。

でも、レイフがいる。

いたいけな少年——彼の様子から、幸せな子ども時代を送ってきたようには見えなかった。

学校にも行かせてもらってなかったとは、アクセル伯爵夫人はレイフのことを放置していたのだろうか。彼女のレイフに対する態度には、あまり母としての情愛が感じられなかった。

フローレンスは、ふいに里心がつく。

両親はフローレンスをとても愛し大事に育ててくれた。幸せな子ども時代だった。

だからこそ、親の愛が薄かったヴェネディクトやレイフに強い哀憫《あいびん》を感じてしまう。

「お父様……お母様……」

母の胸で、幼子のように泣きたくなった。

フローレンスは奥庭を遠回りし、厩に行き、さりげない様子で厩係に声をかけた。

「リュッカに乗りたいので、鞍と轡《くつわ》を着けてください」

「かしこまりました」

乗馬の装備が整ったリュッカが馬場に引かれてくる。

「私、少しリュッカを引いて慣らしてきますから、厩で待機していてくださいな」

「わかりました」

リュッカは小柄でとても大人しい性格なので、厩係は気を緩めていた。

フローレンスはリュッカの手綱を引いて、馬場を出て奥庭をゆっくりと抜けた。

北の城壁の際まで辿り着き、今は封鎖されている使用人用の出入り口の扉の前まで来た。普段がそこには錠が下りている。フローレンスはそこでリュッカに言い聞かす。

「いい子ね、私が呼ぶまでここで待っていてちょうだい」

鼻面を撫でると、リュッカは素直にその場でじっとした。

フローレンスは奥庭を出て、城の塔にある鐘撞堂《かねつきどう》を見上げた。

程なく、兵士たちの鍛錬終了の合図の鐘が打ち鳴らされた。

夕方のこの時刻は、騎馬兵団の兵士たちが、いっせいに自分の馬を厩に戻しにくる。今頃は、厩の係たちはてんてこまいだろう。

今日は野外での遠乗り演習があったはずで、馬たちの手入れに時間がかかるだろう。

そのどさくさで、うまくリュッカの存在を忘れてくれれば――。

フローレンスの思惑通り、夜になってもリュッカが見当たらないという報告は上がってこなかった。

深夜、見張り以外の城内の者たちが寝静まった頃、フローレンスは簡易な乗馬用のドレスに着替え、貴賓室を抜け出た。

王家専用の城内には、非常事態の時の脱出用の秘密の地下通路がある。

ヴェネディクトと結婚が決まった時、彼自身がフローレンスにその地下通路のありかを教えてくれていた。

フローレンスはその地下通路を抜けていく。

暗くじめじめした地下通路を一人で進むのは勇気がいったが、思い詰めていたせいかそれほど怖いとは思わなかった。

北へ出る通路を通り、城壁まで抜け出た。

月明かりのせいで、迷うことなくリュッカが待ってる扉のところまで辿り着く。

リュッカはフローレンスの姿を見ると、嬉しげに鼻を鳴らした。

「しーっ……」

フローレンスはリュッカをなだめ、隠し持ってきた鍵を取り出す。

城の扉の鍵の複製は、ヴェネディクトが管理している。

きちんとしたヴェネディクトらしく、鍵の一つ一つにどの扉の鍵か書き込んだチャームが付いていて、図書室の裏の保管室にきちんと並べられてあるのをフローレンスは知っていた。そこから、こっそりと鍵を盗んできたのだ。

この扉はもう随分使われていないようで、錠前も錆《さ》びついていた。

おそるおそる鍵を差して回すと、引っかかりながらも錠前が開いた。

フローレンスはほっとして、力を込めて扉を押した。

ぎしぎしいいながら、扉が開く。

フローレンスはリュッカの手綱を引き、城外へ出た。

扉の鍵を閉めると、フローレンスはリュッカに乗った。

北の森を抜ければ、街道に出るはずだ。

街道に出て、朝になったら辻馬車を拾ってニールソン家に帰ろう。

出る前に、ヴェネディクト宛の手紙を貴賓室の机の上に置いてきた。

「どうか婚約を解消してください。自分のご家族を大事になさってください」

たくさんたくさん、彼に告げたいことがあったはずなのに、胸がいっぱいで、短いそっけない言葉しかしたためられなかった。

ヴェネディクトがそれを読んだ時、どんなに怒り悲しむだろうと想像すると、涙が溢れてくる。でも、今はこれしかできない、と思った。

「行きましょう」

軽く手綱を揺すると、リュッカが並足で歩き出す。

秋も深まり、夜の外気は薄ら寒い。

フローレンスはショールに深く顔を埋め、手綱を握り締めた。

よもや、こんな形で城を出て行くことになるとは思いもしなかった。

思えば、初めて城に向かう馬車の中では、どうやってヴェネディクトとのお見合い話を断ろうかと、そればかりを考えていた。怖くて怖くて震え上がっていた。

「——邪神の王弟殿下」

そっとつぶやくと、胸がきゅんと締め付けられる。

こんなにもヴェネディクトのことを深く愛してしまうなんて、思いもしなかった。

森の中に入っていく。

振り返ると、月明かりにシルエットになった王城が随分、遠ざかっていた。胸が締め付けられ、慌て前を向き直る。

ぼんやりとリュッカに揺られていると、ふいにピタリと停止された。

リュッカがブルルッと不安げに鼻を鳴らした。

動かない。

「？　どうしたの？　リュッカ？」

フローレンスは軽く手綱を振って、前に進むようにリュッカを促した。

しかし、いつもは素直にフローレンスの指示に従うリュッカが、その場に根が生えたように動かない。

ざわざわと木々を渡る夜風の葉擦れの音が不安を煽った。

突然、リュッカが激しく前足で土を掻いた。そして、後ずさりを始める。

「リュッカ？」

フローレンスは必死で手綱を引いて、リュッカを止めようとした。

その直後、地を這うような低く恐ろしい唸り声が暗闇から聞こえてきた。

闇の中に、赤く光る無数の獣の目が浮かび上がる。

フローレンスはぎょっとした。

ぬっと、灰色の巨大な犬のような群れが現れた。彼らは舌舐めずりをしながら、リュッカとフローレンスを凝視している。

「——狼⁉」

フローレンスは恐怖で息が止まりそうになった。

「リュッカ、逃げて！」

フローレンスが声をかけるより先に、リュッカが闇雲に走り出した。

狼たちが、ガウッと唸りながらいっせいに追いかけてくる。

馬の駆け足に慣れていないフローレンスは、落馬しないようにしがみついているのが精いっぱいだった。

そう言えば、以前ヴェネディクトが話してくれたことがあった。

狼の群れは春と夏は、山の奥へ移動して生活しているが、寒くなって来ると森へ降りて来るので、その季節は森を出歩くのは注意が必要だ、と。なぜ、しっかりとヴェネディクトの話を聞いておかなかったのだろう。

「ああ、逃げて、逃げて……っ」

リュッカは必死で駆けているが、小さな馬ゆえに一般の馬より格段に速度が遅い。じわじわと狼の群れが迫ってくる。

狼たちは扇状に広がって、リュッカを囲むように追跡してきた。

すぐ後ろに、狼たちのハアハアいう息遣いが聞こえてくる。

一頭の狼が、リュッカの後ろ足に飛びかかってきた。

すんでのところで、リュッカはそれをかわしたが、もはや追いつかれるのは時間の問題だ。

「助けて、誰か、助けて‼」

フローレンスは馬首にすがりついて、悲鳴を上げた。

だが、こんな深夜の森の中に、誰が来るというのだろう。

フローレンスは、自分の軽率な行動を後悔した。自分だけではなく、リュッカを巻き込んでしまった。

「リュッカ、リュッカ、ごめんなさい、ごめんなさい……」

鬣になびくたてがみに顔を埋め、すすり泣く。

数頭の狼が、リュッカの前面に飛び出してきた。

驚いたリュッカが、ひひーんと高く嘶《いなな》き、足を止めてしまう。

「ああっ……」

ぐるりと狼たちに取り囲まれ、退路を奪われた。

狼の群れはじりじりと輪を狭めて、迫ってきた。

リュッカが恐怖のあまり、全身を小刻みに震わせているのが感じられ、フローレンスも絶望感で気が遠くなりそうだった。

先頭の狼がガアッとひと声吠え、飛びかかってきた。

「っっ」

フローレンスは息を詰め思わず目を強く瞑った。

その直後である。

森中に響き渡る大音声が聞こえてきた。

「フローレンス――――っ！」

びりびりと夜の空気を震わせるようなその響きに、狼たちはギョッとしたように動きを止めた。

フローレンスはハッと顔を上げる。

どこからか、力強い馬の蹄の音がものすごい勢いで迫ってきた。

「フローレンス！」

愛馬に跨ったヴェネディクトが、闇の中から飛び出してきた。手に抜いた剣を握り、部屋着にマントを羽織っただけの姿だ。髪の毛にも寝癖がついたままだった。

取るものもとりあえず駆けつけたという様相である。

ジルやキースたちも一緒で、彼らはぴったりヴェネディクトの周りを守り、低く唸りながら狼たちを威嚇している。

愛する者たちが、助けに来てくれた。

フローレンスは感激で声を失う。

「あぁ……ヴェネディクト様……」

ヴェネディクトは油断なく狼たちの動きを見つめながら、フローレンスに冷静に声をかけてくる。

「怪我はないか？」

「は、はい。リュッカも私も無事です！」

「よし！　では、私が狼たちの気を引く。あなたはそのまま森を抜けて城へ向かえ！」

「え、でも……私にはお城の方向が……」

「私がリュッカに指示を出す。心配ない、動物の帰巣本能で必ず城に辿り着く！」

「でも、でも……ヴェネディクト様はお一人で……」

「私を誰だと思っている？『邪神の王弟殿下』であるぞ！」

そう言い放ち、ヴェネディクトはにこりと笑った。

月明かりの中で、ハッとするほど美麗な笑顔だった。

「わ、わかりました……お城に着いたらすぐに応援を頼みます」

「うむ。では、行くぞっ！」

ヴェネディクトは剣を握り直すと、やにわに自分の左腕を斬りつけた。

鮮血が飛び散る。

「きゃあっ、ヴェネディクト様⁉」

ヴェネディクトは顔色一つ変えず、血まみれの左腕を狼たちに突き出す。

「お前のたちの獲物はこっちだ！」

狼たちは血の匂いに興奮したように唸り、ヴェネディクトの方に向き直った。

「今だ！　リュッカ、走れ！」

ヴェネディクトが鋭く指笛を吹いた。

棒立ちだったリュッカが、いきなり走り出す。

「きゃっ」

フローレンスは慌てて手綱に掴まった。

馬上で必死で振り返る。

「こっちだ、こっちへ来い!」

ヴェネディクトが左腕を振り回しながら、リュッカと逆方向へ馬を走らせ始める。周りを伴奏するジルやキースたちも、狼をたちを煽るようにワンワンと大声で吠え立てた。

狼たちがいっせいにヴェネディクトの後を追って行く。

「ヴェネディクト様――っ」

フローレンスは声を限りに叫ぶ。

「前だけを見て逃げろ、フローレンス!」

ヴェネディクトの姿がみるみる暗闇の中に遠ざかっていく。

「ああ……あぁ……ヴェネディクト様……」

疾走するリュッカにしがみ付きながら、フローレンスはヴェネディクトの身を案じて、胸が押し潰されそうだった。

確かにヴェネディクトは国一番の強者である。

だが、あんなにもたくさんの狼たちを相手に、はたして無事でいられるだろうか。

四方八方から狼たちに襲いかかられ、血まみれになって喰《く》い殺されるヴェネディクトの無残な姿が頭の中に浮かんでくる。

自分の浅はかな行動が招いたことなのに、一人だけのうのうと逃げおおせていいのか。

命をかけて駆けつけてくれたヴェネディクトを、見捨ててなんかいられない。

死ぬのなら一緒に――。

もうすぐ森を抜けようとしていた。

「リュッカ、リュッカ、止まって、戻って、戻ってちょうだい！」

フローレンスは力の限り手綱を引く。

だが、ひ弱な女性の力くらいでは、リュッカの疾走を止めることはできなかった。ヴェネディクトに躾《しつ》けられたリュッカは、彼の命令を絶対的に守るのだ。なにより、馬はもともとても臆病な動物で、自ら危険の中に戻ることなど決してしない。

「お願いよ、リュッカ、ヴェネディクト様の元へ、戻りたいの、お願い……！」

フローレンスはリュッカの馬首に顔を埋め、すすり泣いた。

と、徐々にリュッカの足並みが遅くなった。

やがて、リュッカはぴたりと立ち止まる。

「リュッカ……？」

フローレンスが涙に濡れた顔を上げると、リュッカがブルルッと小さく嘶いた。

そして、くるりと向きを変えると、元来た方向へ走り出したのだ。

「リュッカ……お前……！」

フローレンスの心からの懇願を、小馬は聞き入れてくれたのだ。

「ああ、お前はなんて勇気のある馬なの。ありがとう、ありがとう、リュッカ！」

フローレンスはリュッカの首を優しく撫でた。

リュッカは迷うことなく引き返して行く。

怪我をして廃馬として打ち捨てられたリュッカを、ヴェネディクトと二人で心を込めて看病し救った恩を、今こそ返そうとしているかのようだ。

やがて——。

リュッカが並足になる。

フローレンスは地面の草が踏み荒らされ、血糊《ちのり》が無数に飛び散っているのを見つけ、この辺りでヴェネディクトが狼たちと闘ったのか、と思う。

狼たちの気配は感じられない。

急いで下馬する。

長い時間の乗馬に慣れていないので、足がふらついてしまった。

だが、そんな自分を心の中で叱りつけ、フローレンスは声を張り上げた。

「ヴェネディクト様！　ヴェネディクト様ぁああ！」

どこからか、ウォーンと呼ぶ犬の声が聞こえた。

「ジル？　キース？」

彼らが無事ということは、ヴェネディクトも生きているということか？

フローレンスは生い茂った草木を掻き分け、夢中で吠え声のする方へ走った。

大きな木の根元に、ぐったりと座り込んでいるヴェネディクトの姿が見えた。周囲に守るようにジルやキースたちが徘徊《はいかい》している。

月明かりで、ヴェネディクトの顔色が真っ青なのがわかった。

「ああっ、ヴェネディクト様！」

フローレンスは悲鳴を上げて、ヴェネディクトに駆け寄る。

ヴェネディクトが目を伏せたまま、掠れた低い声でつぶやく。

「フローレンス、なぜ戻った？」

傷を負った左手からどくどくと血が溢れていた。

「お待ちください。今、お手当てを！」

フローレンスはスカートを捲り上げ、絹のペチコートを力任せに引き裂いた。

それでヴェネディクトの左腕を縛った。

「さあ、これで血止めができましたから」

その時、頭のどこかで何かの記憶が引っかかるような気がした。

既視感──フローレンスはまじまじとヴェネディクトの顔を見つめる。

胸がざわざわした。

まさか？　もしかして？

しかし、記憶を辿る前に、身動き一つしないヴェネディクトの姿に恐怖感が迫り上がってくる。

「あ、あぁ……どうか、どうか……死なないで、死なないで、ヴェネディクト様……！」

フローレンスはヴェネディクトの頭をそっと胸に抱き、ほろほろと涙を零した。

「私が馬鹿でした。あなたを心から愛しているのに、あんな書き置きをして、ひとりで出て行こうとして──」

こんなにもこんなにも愛しているのに。

「あなたを信じきることができなかった私を許してください。あなたが私に偽りを言うはずがないのに。もう決して、あなたを疑ったりしません。だから、だから、死なないで……」

「──信じてくれるか？」

「はいっ、信じます！」

「私を愛しているのだな？」

「世界一愛しています！」

「うむ、その言葉を聞いて生き返った」

「え?」

フローレンスは目をぱちぱちさせる。

ヴェネディクトが顔を上げ、力強い声で言った。

「私もあなたを世界一愛している!」

顔に生気が戻っていて、いつものヴェネディクトの声色だ。

「あ……ぁ、お怪我は……?」

「自分で斬ったのだ。命に別状ないに決まっている」

「えー……ぁあ……」

フローレンスはへなへなとその場に座り込んでしまう。

ヴェネディクトが右手で優しくフローレンスの頬を撫でた。

「狼なぞ、あっという間に打ち払ったぞ」

「……」

「だから、指笛を吹いてリュッカを呼び戻したのだ」

「え? じゃ、じゃあ、リュッカが引き返したのは? ヴェネディクト様の命令ですか?」

「だが、リュッカは臆病だ。もし、あなたが戻りたくないと思っていたら、リュッカは戻ってこなかったろう」

「そうだったの……」

「あなたは、私の元へ帰ろうとしたのだね。だから、リュッカは戻って来てくれたのだ。あなたの私への愛は、真実だったのだ」

「……ヴェネディクト様」

「ありがとう」

あまりに安心したせいで、フローレンスは逆に腹立たしくなった。

「もうっ、ひどいですっ！　試すような真似《まね》をしてっ！　私、怖くて心配で、命が縮みましたっ」

思わず小さな握りこぶしで、ぽかぽかとヴェネディクトのたくましい胸を叩いた。

「すまぬ、怒らないでくれ。あなたの私への愛を、少しでも疑った私を許してほしい」

ヴェネディクトは心底すまなさそうな顔になる。

彼はおもむろに立ち上がる。

そして、月明かり越しにもたれていた木の梢を見上げた。

「この木は菩提樹《ぼだいじゅ》だな――」

彼は腕を伸ばして、頭上の木の枝を折り取った。

「もう花の時期は過ぎているが、わずかにまだ花が残っていた」

彼は薄黄色の小さな花が咲いている小枝を、フローレンスに差し出した。

「あなたへの愛の証に」

「愛の証……」

「菩提樹の花言葉を知っているか？」

「いいえ……」

「『夫婦の愛』だ」

「夫婦の、愛……」

フローレンス胸がじいんと熱くなり、枝を受け取った。

その瞬間。

これまでずっともやもやしていた、頭の隅の既視感のカケラが、はっきりと一つの形に組み合わさった気がした。

フローレンスはひたとヴェネディクトの顔を見つめて、震える声で言う。

「ヴェネディクト様が、『銀の騎士様』だったのですか？」

「――」

ヴェネディクトはわずかに顔を強張らせて押し黙った。

「私の七歳の誕生日に、森で熊に襲われた時に、助けてくださった？」

「――」

「ハナミズキの花を、私に贈ってくださった？」

「――」

はっきりとものを言うヴェネディクトが否定しないということが、答えであった。

「ああ……そうだったんですね……」

フローレンスはほろほろと涙を零した。

「私の『銀の騎士様』――私の初恋の方」

「っ――」

ヴェネディクトの灰緑色の瞳が動揺したように揺れる。

「――フローレンス」

「はい」

「最初に会った時、あなたは一番好きな想い人がいると言った」

「はい」

「それが、『銀の騎士』か？」

「その通りです」

「そうだったのか――」

ヴェネディクトが大きく息を吐いた。

「私も、あの時から、あなたのことを想っていた」

「――」

今度はフローレンスが声を失う。

ヴェネディクトがフローレンスがペチコートの包帯を巻いてくれた左手を、ゆっくりと持ち上げた。

「この左腕に残る傷跡。あなたを助けた時につけた傷だ。私の生涯の勲章だ」

「――」

ヴェネディクトが苦笑した。

「傷跡が二つになった。勲章が増えたな」

「ヴェネディクト様っ」

フローレンスは感極まってヴェネディクトに抱きついた。

「ああ、ああ、嬉しい、嬉しい！　会いたかったの、『銀の騎士様』にずっとずっと会いたかったの！」

想いのすべてが一つの糸に繋がったようで、フローレンスは全身に溢れる多幸感に、わんわんと手放しで嬉《うれ》し泣きした。

「フローレンス、フローレンス」

ヴェネディクトは右手だけで、優しくフローレンスの震える背中を撫でてくれた。

「愛しい、私のフローレンス」

「ぅう……好きです、大好き、ヴェネディクト様、大好き、愛してる……」

フローレンスはしゃくり上げながら、繰り返し告げた。

「いい子だ、もう泣くな」

ヴェネディクトが身を屈め、フローレンスの溢れる涙を唇で吸い取り、そのままそっと口づけをしてくれた。

「ん……ふ、ん……」

塩辛い口づけの味は、フローレンスには忘れられない人生で最高の口づけになった。

その後、フローレンスとヴェネディクトはそれぞれの馬に跨り、並んで城への帰途についた。

意外な形で、二人で遠乗りに出かけるという夢が実現した。

ヴェネディクトは道すがら、駆けつけて来た経緯を話してくれる。

夜中にジルやキースたちがひどく騒いで起こしてきたことに胸騒ぎを感じ、フローレンスのいるはずの貴賓室に行ったのだという。そこで書き置きを見つけ、急ぎ厩に出向くと、リュッカが見当たらない。フローレンスはリュッカに乗って出て行ったのだと悟り、慌てて後を追ったのだ。フローレンスの匂いを辿ったジルやキースたちの追跡のおかげで、あわやと言う時に、駆けつけることが出来たのだ。

ヴェネディクトだけではなく、動物たちがどれほどフローレンスを慕ってくれているかも改めて思い知った。

ヴェネディクトへの愛がますます深くなり、フローレンスの胸は幸福に満たされていた。

だが、城の姿が見える頃になると、ハッと一つの重大な問題に気がつく。

アクセル伯爵夫人とレイフの存在だ。

彼らのことをヴェネディクトはどうするつもりだろう?

もうヴェネディクトとは離れられない。

でも、アクセル伯爵夫人はともかく、いたいけなレイフのことを思うと、心が痛んだ。

「あの——ヴェネディクト様、レイフのことですが……」

話しかけようとして、城の正門前にずらりと揃って待ち構えていた騎士団員や兵士たちの姿を見て、口を噤む。そこに、死にそうな顔になってこちらを見つめているルイーゼの姿もあった。

彼らはヴェネディクトとフローレンスの姿を認めると、わっと大騒ぎになった。

「殿下!」

「フローレンス様!」

皆が一斉に二人を取り囲んだ。

「ご無事でお戻りに!」

「ああ安心しました!」

「お二人が行方不明との報を聞き、生きた心地もしませんでした!」

口々に安堵の言葉を告げる彼らに、ヴェネディクトがおおらかな声で返す。

「皆な、心配させた。だが、何事もなかった——私とフローレンスは」

ヴェネディクトはちらりとフローレンスを見遣り、続けた。

「少しばかり夜の散歩に出ただけだ」

フローレンスが家出騒ぎを起こしたことを、ヴェネディクトは庇ってくれたのだ。

騎士団員や兵士たちは、ヴェネディクトの左腕の包帯傷に気がついているようだったが、あえて何も言わなかった。

ヴェネディクトがそう言うのだから、信じよう——そこに、部下たちのヴェネディクトに対する篤い忠誠心を見た気がした。

ヴェネディクトが先に下馬し、フローレンスに手を貸してリュッカから降りるのを手伝ってくれた。

その時だ。

「まあヴェネディクト様、よくぞお戻りに！」

婀娜《あだ》っぽい声を出して、アクセル伯爵夫人が城内から登場した。誰もが取るものも取り敢えずといった風態なのに、彼女はきちんと着飾って念入りに化粧をしていた。いかにも、ヴェネディクトが戻るのを準備万端で待ち構えていたような感じだ。

アクセル伯爵夫人はフローレンスを無視して、ヴェネディクトに悩ましい視線を投げかけ、猫なで声で言う。

「なんでも深夜、いきなりお城を飛び出されて行かれたとかで、私、心配で眠れませんでしたの」

　ヴェネディクトは堅苦しく慇懃《いんぎん》に答えた。

「お気遣い感謝します」

　ヴェネディクトに付き従っていたジルやキースたちが、アクセル伯爵夫人に向かって、低く唸って威嚇する。

「おお怖い。殿下、この野良犬たちをどこかにやってくださいな。私、動物は大嫌い」

　フローレンスは思わず口出ししてしまう。

「夫人、彼らはヴェネディクト様の忠実な友人です」

　アクセル伯爵夫人は、初めてフローレンスの存在に気がついたように、ちらりと顔を向ける。

「あら、あなた、まだいらしたの?」

「アクセル伯爵夫人――フローレンスは私の許婚者だ。どこにも行かせぬ。無論、動物たちもだ」

　ヴェネディクトはぎろりとアクセル伯爵夫人を睨み、フローレンスの腰に手を回し、自分の側に引き付けた。

「なんですって⁉」

　アクセル伯爵夫人の綺麗な眉がぴくりと吊り上がり、声が険悪な響きになる。

「殿下、私とレイフの立場をお考えになった上でのお言葉ですか?」

ヴェネディクトは真剣な声で返した。

「よくよく考えた。あなたたちの今後の生活は私が必ず保証する。だが――」

「ひどいです！　殿下はご自分の血を分けた御子を見捨てると言うのですか!?」

アクセル伯爵夫人が金切り声を出したので、フローレンスは慌てて制止しようとした。

「アクセル伯爵夫人、ここは他の者がおります。このお話は、どうか場所をあらためて――」

「他人のあなたの口出しすることではないでしょう!?　私と殿下と息子との間の問題です！」

興奮気味のアクセル伯爵夫人は、さらにきいきいと声を張り上げる。フローレンスはヴェネディクトの立場を慮《おもんぱか》り、狼狽した。

騎士団員始め侍従たちが何事かと、三人を取り巻く。

ヴェネディクトは少しも揺るがぬ態度で静かに答える。

「それは違う、私とフローレンスは一心同体だ。私の問題は彼女の問題でもある」

「っ――」

アクセル伯爵夫人が口惜しげに唇を噛み締めた。

「殿下！」

背後から凛とした少年の声が響いた。

その場にいる者全員が、ハッとして振り返った。

正門の階段下に、レイフが立っていた。

今にも折れそうな細い身体が小刻みに震えていたが、視線は強い意志に満ちていた。

レイフは一歩一歩ヴェネディクトの方へ歩み寄ってくる。

騎士団員も侍従たちも、レイフの気迫に呑まれたように左右に道を開けた。

アクセル伯爵夫人は、百万の味方を得たような表情になる。

「まあ、愛しいレイフ、いいところに来ました。殿下に私たちのことをお願いしてちょうだい」

レイフはアクセル伯爵夫人の声が聞こえないかのように、まっすぐヴェネディクトとフローレンスの前まで来ると、ゆっくりと跪いた。彼はしばらく震えながらうつむいていた。

「殿下、お許しください！」

ふいにレイフは声を絞り出す。

「オレは──私は、あなたとは赤の他人です！」

フローレンスは息を呑んだ。

アクセル伯爵夫人が真っ青になった。

「な、何を言い出すの⁉」

ヴェネディクトは無言でじっとレイフを見つめている。

レイフは早口で続けた。

「私は身寄りのない、施設育ちです。そこへ、アクセル伯爵夫人がやってきて、殿下の御子のふりをするよう持ちかけてきたのです。夫人は、殿下の容貌に似た子どもを探していて、私を見つけたのです」

アクセル伯爵夫人は慌ててレイフの肩を掴んで、乱暴に引っ張った。

「黙りなさい！」

か細いレイフは、後ろへ倒れそうになる。

「夫人、やめないか！」

ふいにヴェネディクトが鋭く言った。

その恐ろしげな声に、アクセル伯爵夫人はびくりと身を強張らせて動きを止める。

ヴェネディクトは穏やかにレイフに声をかける。

「続けるがいい、レイフ」

レイフはさらに頭を低くした。

「殿下の御子のふりをすれば、多額のお金が手に入る。うまくいけば、王家の人間になれると言われました。そうすれば施設を出して学校に行かせてくれる、大学までの衣食住を保証してくれる、そう条件を出されて、私は承諾してしまいました」

レイフは嗚咽まじりに告白する。

「私は学校に行きたかった。新しい人生が欲しかった――だから、大罪と承知で策に乗ったのです――でも――」

さっとレイフが顔を上げた。端整な顔が涙でぐしょぐしょだった。

「殿下にお目にかかり、どんなに自分が浅ましかったか思い知りました」

レイフはフローレンスに顔を向ける。

「あなた様は、初めて会ったのに、私を庇ってくださった。なんて心根の優しい女性だろうと思いました——そして、殿下」

レイフはひたとヴェネディクトを見つめた。

「殿下は、私を疑うこともせず、おおらかに私を励まし将来を約束してくださった。お二人とも、私が生きてきた中で、一番立派で素晴らしい方です。そんなお二人を、騙《だま》していることなど、私にはもうできません！」

レイフは平伏し、地べたに額を擦り付けた。

「どんな罰でも受けます！　どうか、愚かな私をお許しください！」

レイフはそのまま肩を震わせて号泣する。

フローレンスはあまりに痛ましいその姿に思わず飛び出して、レイフの背中を優しく摩った。

「泣かないで、嘘をつくのは辛かったでしょう。もう泣かないでいいのですよ」

「よく言ってくれた」

ヴェネディクトが静かに言った。

「お前がいつ、本当のことを言うか、私はずっと待っていた。レイフ、お前はまっすぐで清い心の持ち主だ。私の目に狂いはなかった」

レイフは心打たれた表情で顔を上げた。

「で、殿下――では、初めから偽りだと承知で？」

フローレンスも目を瞬いてヴェネディクトを見上げた。

「無論だ。私は身に覚えがまったくない。神にかけて、アクセル伯爵夫人とは何もなかった」

ヴェネディクトはフローレンスに顔を向けてきっぱりと言った。

「フローレンス、信じてくれるか？」

フローレンスは胸がきゅっと締め付けられ、目に涙が浮かんできた。

立ち上がると、ヴェネディクトの胸に飛び込む。

「信じます！　あなたが私に嘘など言わないって、わかっていました！　なのに、狼狽《うろた》えた私を許してください！」

そのままおいおいと泣いてしまう。ヴェネディクトの大きな手が、慰るようにフローレンスの肩を抱く。

「愛しい私のフローレンス」

その場がしーんと静まり返る。

やがて、気がついたように騎士団員の一人がヴェネディクトに声をかけた。

「殿下、不敬罪と詐欺罪で、アクセル伯爵夫人と少年を逮捕しますか？」

ひいっとアクセル伯爵夫人が悲鳴を上げ、その場にへなへなと崩れ落ちた。

「私を逮捕してください」

レイフがすっくと立ち上がった。

ヴェネディクトは首を横に振った。

「無用だ。私はアクセル伯爵夫人を援助すると約束した。騎士に二言はない」

彼は血の気を失ってがたがた震えているアクセル伯爵夫人に向かって、少し厳しい声で言った。

「夫人、あなたには生活に困らないだけの生涯の年金を支払おう。ただし、二度と私の前に現れないことを確約したまえ。それでよいかな?」

アクセル伯爵夫人はべそべそと泣きながらこくこくと何度もうなずく。

「わ、わかりました。か、感謝します、殿下——」

「そして、レイフ」

ヴェネディクトが声をかけると、レイフは覚悟を決めたように深くうなだれる。

「はい」

「お前は、王家の奨学金制度を使って、大学まで行くがいい」

「えっ?」

レイフが驚いた声を上げる。

「奨学金の返済は、出世払いで良い。だが将来、お前は国の役に立つ立派な人間になると、それだけは約束してくれ」

「殿下――」

レイフはさっとヴェネディクトの前に跪いた。

「お約束します！　私は必死で勉強し、殿下のため、この国のために尽くすことを誓います！」

ヴェネディクトは目が優しげに細まる。

「うむ。でも、一番の約束は、お前が元気で幸せに生きることだ」

レイフがぐぐっと嗚咽を噛《か》み殺《ころ》す。

「は、い。はい、それも、お約束します――」

「ああレイフ、よかったわ。本当によかった！」

フローレンスが感極まり、思わずレイフの頭をかき抱いた。

「あなたの幸せを、私も祈るわ！」

「伯爵令嬢様――いえ、未来の王弟妃様、あなたにも私は生涯の忠誠をお誓いします」

すすり泣くレイフを、フローレンスは愛おしげに抱きしめた。

その場にいる者は、感動して声を失っていた。中にはもらい泣きする者もいた。

「フローレンス、あなたは最高の女性だ」

ヴェネディクトはゆっくりと膝を折ると、大きな腕でレイフごとフローレンスを包み込んだ。
たくましく頼り甲斐のあるヴェネディクトの腕に抱かれ、フローレンスはこの人を愛してよかった、としみじみ思うのであった。

その日のうちに、アクセル伯爵夫人は這々《ほうほう》の体《てい》で城を出て行った。
レイフは半年ほどの学習の末、寄宿制の王立大学付属の学校へ入学することとなった。入学の口頭試験で、レイフは満点に近い成績を出し、文句なく入学を許された。

そして——新年早々。
ヴェネディクトとフローレンスの結婚式が豪華に荘厳に執り行われたのである。

第六章　王弟殿下の妃になりました

ヴェネディクトが、詐欺を働いたアクセル伯爵夫人と少年に寛大な処分を与えた事件や、命を懸けて愛するフローレンスを救ったことは城内から城外へと人々の噂となって広まった。良い噂は、他にもこれまでのヴェネディクトの善行を掘り起こすきっかけとなった。

「邪神の王弟殿下」のイメージは徐々に薄れつつあった。

新年。

抜けるように青い空。

そこに飛び交う、王城の屋上から放たれた無数のお祝いの白い鳩《はと》たち。

王城の正門前では、騎士団員たちが結婚祝いの祝砲を景気良く撃ち鳴らす。

その日は国を挙げての祝日になり、街々はお祝いムード一色に染まった。

首都の大聖堂では、今しがた、フローレンスとヴェネディクトが神の前で結婚の誓約を交わし終えたばかりであった。

大聖堂の正面玄関から寄り添って、王弟殿下夫妻が姿を現わすと、外で待ち構えていた民たちが、いっせいに祝福の言葉を投げかけた。

「おめでとうございます！」

「王弟殿下ご夫妻、ご結婚おめでとうございます！」

「お二人に幸あれ！」

「シュトーレル王国よ永遠に！」

純白のシルクに精緻な刺繍を施した華やかなウェディングドレス姿のフローレンスは、春の女神のように清楚《せいそ》で美しく幸福に輝いていた。

片や、白い礼装用の軍服にたくましい肉体を包んだヴェネディクトは、凛々《りり》しく男らしくしかも色っぽく、その場の女性たち全員がうっとりと魅了されてしまったくらいだ。

二人は無蓋の馬車で目抜き通りをパレードし、沿道にぎっしりとお祝い押し寄せた民たちににこやかに手を振った。

人々の祝福の歓声は二人の馬車が王城の中へ姿を消すまで、止むことなくいつまでも続いた。

城内に戻ったフローレンスとヴェネディクトは、その足で国王陛下の部屋へ結婚の報告へ出向いた。

体調をくずしている国王陛下は、二人の結婚式に参列できなかったのだ。

結婚式の衣装のまま訪れた二人を、国王陛下はソファに横たわった姿で出迎えた。

フローレンスとヴェネディクトはソファの前に進み出ると、うやうやしく頭を下げる。

「兄上、本日、滞りなく結婚式を終えることができました」

ヴェネディクトが重々しく報告した。

「これもひとえに、国王陛下である兄上のおかげです」

国王陛下は付き添っていた看護師に合図し介添えしてもらい、半身を起こした。

「おめでとう。二人とも、末長く幸せな夫婦生活をおくれるよう、心から願っておるぞ」

「はっ、兄上」

「ありがとうございます、陛下」

フローレンスとヴェネディクトはさらに深く頭を下げた。

「さて、ヴェネディクト、お前も無事結婚できたことだし、この機会に私は話しておくことがある。二人とも顔を上げなさい」

国王陛下の改まった声色に、ヴェネディクトは表情を引き締め頭を上げた。フローレンスもゆっくり顔を上げる。

「私は、本日をもって、王位を王弟ヴェネディクトに譲り、退位しようと思う」

ヴェネディクトがハッと息を呑んだ。

「兄上？　兄上はまだまだお元気でおられます。若輩の私などに譲位するのは、早計です！」

「いや、よくよく考えての上だ。正直、いつ倒れるかもしれぬ身で、この国の命運を背負うのはあまりに荷が重い。この国の未来を頼めるのはヴェネディクト、お前しかいない。承諾してくれ」

「兄上――」

国王陛下の真摯な言葉に、ヴェネディクトは声を失う。

フローレンスは言葉も無く、ただうつむいて国王陛下の言葉を聞いていた。

「ヴェネディクト、お前も長年恋していた女性と結ばれ、もはや憂いはないだろう？　ならば、これからは国のことを第一に考えてくれぬか？」

「え？　兄上は、私がフローレンスをずっと想っていたことを、ご存知だったのですか？」

ヴェネディクトがうろたえ気味にたずねる。

「ふふ、いい年をした男が何度見合いさせてもうんと首を縦に振らぬ。心に秘めた女性がいるだろうと、察しはついた。お前がずっとニールソン伯爵家のことを探らせていると知り、納得したのだ」

「は――」

「去年、カタブツのお前が、ニールソン伯爵令嬢とのお見合いをセッティングして欲しいと言ってきたときには、ようやく機が熟したか、と安堵したものだ」

「まあ！　お見合いは、ヴェネディクト様から言い出したことなのですか？」

フローレンスは無礼を忘れ、思わず口に出してしまった。

「う、む」

ヴェネディクトの目元が赤くなり、彼はもごもごと口の中で答えた。ヴェネディクトがこんなに気まずそうになるのを、初めて見た。

「そうだ――」

フローレンスは目を丸くした。

国王陛下がにこやかにフローレンスに話しかけた。

「あなたにとっては『邪神の王弟殿下』との見合いは不本意だったかもしれぬが、私は弟が想いを遂げる、これが最後の機会だろうと思ったのだ」

一呼吸おいて、国王陛下は続けた。

「なので、私はあの時、侍医にも言い含め倒れたふりをし、今にも死にそうに振る舞って、あなたへ弟との結婚を懇願したのだ」

「ええっ？」

「なんですって？」

フローレンスとヴェネディクトは同時に声を上げてしまう。

国王陛下は悪戯《いたずら》少年のように、くすくすと笑った。

「なかなか名演であったろう？　少しばかり国王の権力を行使したことは否めぬがな」

「兄上──」

ヴェネディクトはあきれ顔になって言葉を失う。

国王陛下はフローレンスに顔を向け、真剣な表情で言った。

「弟は不器用でカタブツだが、誠実で真面目で申し分のない男だ。あなたはきっと幸せになる。私の嘘はそれで帳消しにして欲しい」

フローレンスは、弟の幸せを願う国王陛下の兄弟愛に心を強く揺さぶられた。

「いいえ、いいえ、陛下。私は自分の意思でヴェネディクト様を選び、愛しました。なんの後悔も不満もございません！」

気持ちを込めて伝えると、国王陛下は鷹揚《おうよう》にうなずいた。

「あなたのそういう優しい心根が嬉しい。そして──」

国王陛下は居住まいを正し、威厳ある声を出した。

「ヴェネディクト、ここへ。剣を捧げ、私の前へ」

「はっ！」

ヴェネディクトは自分の腰のサーベルを抜き、両手でうやうやしく国王陛下に差し出した。

国王陛下がサーベルを受け取ると、跪いて頭を垂れた。

国王陛下はサーベルでヴェネディクトの両肩に触れ、重々しい声で告げた。

「ヴェネディクト・シュトーレル侯爵、汝《なんじ》に第二十四代シュトーレル王国の王位をここに譲る」


「拝命いたします！」

ヴェネディクトはきっぱりした声で答えた。

「生涯、この身を国に捧げ、国の平和と国民の幸福のために尽くすことを誓います！」

「うむ——では、この誓いの証人は、フローレンス嬢あなたと——」

国王陛下は傍らで背中を支えている看護師に顔を向ける。

「そなただ」

看護師はいきなり重責を与えられ、目玉をまん丸にしてこくこくと何度もうなずいた。

「か、か、か、かしこまりました！」

看護師のうろたえぶりが微笑ましい。フローレンスは一礼して答えた。

「確かに、譲位はここに成されました」

それからフローレンスは決意を込めて言う。

「妻の私も、ヴェネディクト様を支え、シュトーレル王国のために尽くします」

国王陛下は満足そうにうなずいた。

「うむうむ。これで私もやっと、余生をゆっくりと送れるというものだ。後は若い二人に託す。頼むぞ、ヴェネディクト、最愛にして唯一の私の弟よ」

「あ、兄上——ありがとうございます、ありがとうご——ッ」

ふいにヴェネディクトが感極まって、肩を震わせた。

「ううっ！」

彼ははばかることなく、男泣きした。

「ヴェネディクト様、ヴェネディクト様」

フローレンスはヴェネディクトの背中に抱きついて、背中をさすりながら自分ももらい泣きしてしまう。

なにせヴェネディクトの地声は大きいので、吠え声のような泣き声が城中に響き渡り、すわ国王陛下に一大事かと兵士や侍従たちがすっ飛んできて、一時は大騒ぎになったことも、のちの笑い話である。

かくして——結婚式の日、ヴェネディクトは国王の座に就くことになったのである。

直後、国王陛下から、正式な王弟ヴェネディクトへの王位譲与の件が公に発表された。

この吉報は、伝書鳩《でんしょばと》や早馬の連絡網で、あっというまに国の隅々にまで広まった。

ヴェネディクトの結婚と新たな即位、めでたいことが二つも重なり、民たちの歓喜はいやが上にも昂まった。その日は、国中を上げて夜明けまでお祝いの騒ぎが続いた。

結婚誓約書と同時に王位譲与に関する膨大な書類も提出せねばならず、二人はその晩遅くまでばたばたと雑事に追われた。

ようやくすべての手続きが終了したのは、深夜であった。

「はぁ――くたくただわ」

薔薇の香料の入った湯船に肩まで浸かり、フローレンスは大きく伸びをした。

「本日は、一度におめでたいことがたくさんあって、お疲れでございましたね」

ルイーゼはフローレンスの髪を洗いながら、労ってくれる。

「それにしても、王弟殿下妃になるはずが、一足飛びに王妃様ですから、お付きの私どもも実は右往左往しております」

「そうね――これからいろいろ覚えなくてはいけないこと、学ばなくてはいけないことがうんとあるわね。ルイーゼ、これからもよろしく頼みます」

「承知しました。これからも、誠心誠意お仕えしたします」

フローレンスは王家ではまだまだ新参者だ。

ヴェネディクトから教わることが多いだろうが、古参の臣下や侍従たちに頼ることもたくさんあるだろう。ルイーゼは頼もしい右腕的存在になるにちがいない。

王妃としての責任は重いけれど、ヴェネディクトと一緒なら、どんな苦労も乗り越えていけるはずだ。

にまにまぼんやりと考えにふけっている間に、侍女たちによってたかって身体を拭かれ、香油全身に擦り込まれ、新品の絹の寝間着を着せられていた。

「では、まいりましょう」

ルイーゼが燭台を手にしてフローレンスの手を取り、ヴェネディクトの寝室へ導く。廊下に侍従たちがずらりと並んで、頭を深く下げている。なんでこんなに物々しいのか、フローレンスはきょとんとしてしまう。

「皆んな眠いだろうに、こんなに大げさに見送らなくても……」

ルイーゼが声をひそめてたしなめる。

「何をおっしゃいますか、今夜は大事な初夜でございますよ」

「しょ、や……?」

口に出してからその意味を悟り、顔から火が出そうになった。

実のところ、もはやヴェネディクトとはさんざん睦み合っていたので、今日が表向きは結婚初夜であるということに考えが及ばなかったのだ。

ヴェネディクトの寝室の扉をそっと開くと、ルイーゼが一歩下がってお辞儀をした。

「どうぞ、お入りください。私はここで失礼します」

その後に、早口で付け加えた。

「存分に仲良くなされ、たくさん御子を成してくださいね」

「は、はい……」

脈動が速まり、なんだか急に緊張してきた。

背後で扉が閉まると、灯りを落とした寝室の中で立ち尽くしてしまう。

いつもなら、ヴェネディクトの飼っているギースたちが甘えて足元にまとわりついてくるのに、今夜は彼らの気配もない。おそらく、ヴェネディクトの命令で別室に引き上げてしまったのだろう。

奥のベッドのあるあたりから、低い艶めいた声が呼んだ。

「フローレンスか?」

「は、はい」

「こちらへ」

「はい……」

なんとなく足音をしのばせて、ベッドに歩み寄る。

フローレンスとお揃いのような絹の寝間着に身を包んだヴェネディクトが、ベッドの端に腰を下ろしていた。

ベッドの側の小卓の上の燭台に灯りに横顔が照らされ、ドキドキするほど色っぽい。

ヴェネディクトの前に少しぎこちなく立つ。

柔らかな視線でヴェネディクトが見つめてくる。

「こう改まると、やりにくいな」

彼の鋭角的な頬のあたりが少し赤らんでいた。

ヴェネディクトも固くなっているのだと思うと、フローレンスはちょっとほっとする。

「はい、私も初めてみたいに緊張しています」

ぎこちなく笑みを浮かべると、その初々しい仕草にヴェネディクトが目を細めた。

彼がゆっくりと両手を広げた。

「おいで、私の奥様」

「っ……」

彼の言葉にフローレンスは胸が熱くなり、倒れこむようにヴェネディクトの腕の中に飛び込んだ。

ぎゅっと抱きしめられ、彼の速い鼓動を感じながらささやく。

「旦那様……」

「フローレンス——っ」

ヴェネディクトが感に堪えないといった声を出し、さっとフローレンスを横抱きにし、ベッドにもつれるように倒れ込んだ。

そのまま唇を重ねてくる。性急に舌を搦め捕られ、強く吸い上げられた。

「ん……ふ、ふぁ……ん」

甘やかなヴェネディクトの舌の感触に酔いしれ、フローレンスも夢中になって舌を搦め吸い上げる。

情熱的な口づけの刺激に、あっという間に全身が熱く燃え上がった。

口腔の感じやすい箇所を舐め回され、下腹部の奥がきゅぅんと甘く痺れる。口づけだけで極めてしまいそうになる。

「あ、はぁ、は、あ、だ、め……も、う、達きそう……」

フローレンスは顔を振って、さらに口づけを仕掛けようとしてくるヴェネディクトから逃れようとした。

口づけだけで、とろんと目を潤ませ白い肌を桃色に染め上げたフローレンスを、ヴェネディクトはじっと見つめる。薄い絹の布地越しに、口づけの刺激だけでツンと尖ってしまった乳首がくっきりと浮かび上がり、恥ずかしくてならない。

「フローレンス、私のフローレンス——」

ヴェネディクトは掠れた声で名前を呼びながら、素早く自分の寝間着を脱ぎ捨てた。薄明かりの中に、引き締まった筋肉質の裸体が浮かび上がり、それを見ただけでさらにフローレンスの子宮の奥がつーんと淫らに痺れる。

「まだまだだ——夜は長い」

ヴェネディクトがフローレンスの首筋に顔を埋め、そこに舌を這わせながら片手で服地越しに乳房を掴んでやわやわと揉んでくる。無骨だが繊細な動きをする指先が、探り当てた乳首を捏ねるように摘み上げると、鋭い喜悦が下肢に走り、ぴくんぴくんと腰が跳ねた。

「あ、あぁ……ん、あぁ……」

さらに感じやすくなった乳首を爪弾かれ、弱い耳の後ろを舐め上げられると、触れられてもいない秘所からとろとろと淫らな蜜が溢れてくるのがわかる。

隘路がきゅうんと収縮し、性的な飢えで居ても立っていられない気持ちなる。

もじもじと腰をうごめかすと、押し付けられたヴェネディクトの下腹部に熱く硬く滾る欲望を感じ、彼もまたフローレンスを早く欲しいと願っているのがわかる。

「はぁ、あ、ヴェネディクト様、あぁ……もう……だめぇ」

フローレンスはヴェネディクトの頭を抱きかかえ、火照った頬を彼の鋭角的な頬に擦り付け、甘く懇願する。そして、自ら両足を広げ、下腹部ををヴェネディクトのいきり勃つ漲りに押し付けてしまう。

疼く部分が張り詰めた剛直に擦れて、淫らな快感を生み出した。

「あ、あぁん、あ、ぁあ、ん……ぁん」

滾るヴェネディクトで秘所を擦られるのがたまらなく気持ちよくて、やめられない。

寝間着の股間が自分の愛蜜でぐっしょり濡れ果ててしまう。

「フローレンス、なんていやらしい子だ——これが悦いのか?」

ヴェネディクトはフローレンスの腰の動きに、自分の腰も合わせてうごめかせた。

そうされると、花弁と秘玉がさらに刺激され、快感が増幅されてそれだけで極めてしまいそうになる。

「んぁう、あ、は、あぁ、やだぁ、気持ち、いい……」

フローレンスは艶かしい鼻声を漏らし、はしたなく腰をくねらせた。

「ふ――これは私がもたぬ」

ヴェネディクトが息を乱し、上体を起こした。

彼は引き裂くような勢いで、フローレンスの寝間着を剥いだ。

淫らに色づいた肉体が剥き出しになり、フローレンスはさらに官能が煽られる気がした。

ヴェネディクトの指が、すっかり濡れそぼった秘所をまさぐる。

「もうどろどろだ」

ぐちゅりと卑猥な水音が立つ。

軽く蜜口を掻き回されただけで、軽く達してしまった。

「あああっ……んんぅ」

背中が弓なりに仰け反り、四肢が強張った。

「指だけで達ってしまったのか？」

ヴェネディクトがぐちゅぐちゅと陰唇の狭間を掻き回す。媚肉がきゅうきゅう収斂して、もっと奥へと指を引き込もうとするが、ヴェネディクトはわざと指を引き抜いてしまう。

「あ、ん、いやぁ、やぁ、も……う」

フローレンスは焦れて、いやいやと首を振る。

「お願い、ヴェネディクト様、もう、欲しい……」

思わずヴェネディクトの下腹部に手を伸ばし、いきり勃つ男根に触れようとしてしまう。ヴェネディクトがわずかに腰を進め、先端で花弁を軽くつついた。

その刺激だけで、膣壁が痛みを覚えるほど疼いた。

「私が、欲しい?」

「あ、あぁ、欲しいです……ヴェネディクト様の太いもので、私を満たして……」

涙目で見上げ、ぎゅっとヴェネディクトに抱きついた。

「いやらしくて、可愛いフローレンス」

ヴェネディクトはフローレンスの背中に手を回し、すっかり綻んだ花弁に熱い先端をあてがう。

「あ、あぁ、熱い……」

「あなたが欲しい」

ヴェネディクトは背骨に響くような艶めいた声でささやき、一気に腰を押し込めてきた。

蕩けきった蜜壺の最奥まで、灼熱の肉棒が貫く。

「あああああっ」

脳芯まで激しい快感で焼き切れ、フローレンスは瞬時に絶頂に飛んだ。

「あなたの中も、熱い――溶けてしまいそうだ」

ヴェネディクトは大きくため息をつき、フローレンスの腰を抱え込み、ゆっくりと抽挿を開始する。

「あ、ん、あぁ、はぁ、深い、あぁ、ヴェネディクト様ぁ……っ」

熟れた媚壁を激しく擦り上げられ、フローレンスは絶え間なく与えられる愉悦に酔いしれた。

「あなたの中、最高だ。気持ちいい、気持ちいいぞ、フローレンス」

ヴェネディクトは次第に腰の抜き差しを速めながら、呼吸を乱す。

「はぁ、は、はぁ、私も……ものすごく、気持ち、いい……いい、です」

フローレンスは拙い腰の動きで、必死にヴェネディクトの律動に合わせていく。

「すごく締まる――感じているんだね」

「あぁ、あ、感じるのぉ、ああ、好き、あぁ、旦那様ぁ、好きぃ……っ」

フローレンスは身体中に満ちる悦びに打ち震えながら、ヴェネディクトの背中に両手を回し、強く抱きつく。

愛する人との交歓に、胎内は強く収斂を繰り返し欲望を締め付ける。

「く――これは堪らない――一度、達くぞ、フローレンス」

「んぁ、あ、来て、あぁ、来て、はぁ、あぁ……」

感極まったフローレンスの濡れ襞が、ひくんひくんとうごめきヴェネディクトの太茎を奥へ奥へと強く引き込んだ。

ヴェネディクトの欲望がどくどくっと大きく脈打った。

「出るっ、愛しているっ、愛しているぞ、フローレンスっ」

「あぁ、愛してる、愛してますっ」

目の前に愉悦の閃光《せんこう》が煌めき、フローレンスはぎゅっと目を瞑る。

二人はほぼ同時に絶頂に達した。

ヴェネディクトは低く唸り、びゅくびゅくと大量の熱い飛沫をフローレンスの最奥へ吐き出す。

「あ、ぁあ、熱い……いっぱい……あぁ、いっぱい……」

感じ入ったフローレンスの蜜襞は、びくびくと小刻みに収縮し、ヴェネディクトの白濁の欲望をすべて受け入れようとする。

「は、あ——フローレンス——」

「……んん、ふ、は、はぁ、はぁあ……」

ヴェネディクトが肩で息をしながら、動きを止める。

汗ばんだ彼の顔が寄せられ、まだ夢見心地のフローレンスに口づけした。

「——素晴らしかったよ」

「ぁ、ぁあ……ヴェネディクト様……」

徐々に快感の余韻が引いていくと、フローレンスはうっすら瞼を上げ、目の前の愛おしい顔を見つめる。

なにもかもがヴェネディクトだけで満たされているこの瞬間が、たまらなく好きだ。

ヴェネディクトは無言でフローレンスの熱い肉体を抱き締めてくれる。

この腕の中が、一番心安らかで幸せでいられる場所。

「愛しています……」

「愛しているよ」

二人は何度もささやき合い、愛を伝え合う啄ばむような口づけを交わした。

最終章

「まあ、レイフ！　よく訪ねてきてくれたわね」

応接間のソファに身を横たえてたフローレンスは、侍従に案内されて入り口に現れたレイフを見て、思わず立ち上がろうとした。

「あ、王妃陛下、どうかそのままで。大事なお身体でいらっしゃいますから」

レイフが慌てて声をかけた。

「ふふ、もう安定期になっているし、そんなに気を遣わなくても大丈夫よ」

フローレンスは笑いながら身を起こす。この頃お腹が膨らんできて、少し動くのに不自由になってきてはいた。

「でも、座ったままでいいかしら？」

「もちろんです」

レイフは礼儀正しく頭を下げ、摺《す》り足《あし》で前に進み出た。

今年十八歳になったというレイフは、最初に出会った頃より随分と背が伸び、男らしくなっていた。

彼は脇に携えていた丸めた用紙を広げ、フローレンスの方へ掲げた。

「本日、私は無事王立大学を卒業いたしました。これもひとえに、国王陛下と王妃陛下のお力添えのおかげです」

フローレンスは目を細めて、レイフの差し出した卒業証書を受け取る。

「おめでとう。聞いていますよ。最年少で飛び級を果たし、王立大学成立以来の優秀な成績で卒業なされたと。素晴らしいわ」

レイフは顔を真っ赤に染める。

「ありがとうございます！」

フローレンスは、大理石の暖炉の上の時計にちらりと目をやる。

「待ってね。そろそろ、国王陛下が王太子との首都見回りからお戻りのはずだから――」

そう言った直後、外の廊下にぱたぱたと軽快な足音がした。

「母上、母上、ただいま戻りました！」

澄んだ声がしたと思うと、扉がぱっと開いて五歳くらいの黒髪の少年が飛び込んできた。胸に小さな子猫を抱えている。

「母上、溝に落ちていた捨て猫を、父上と二人で助けたんですよ」

端整な顔を紅潮させて、少年が駆け寄ってくる。

「まあ、アレクシス、お客様の前ですよ」

フローレンスが穏やかにたしなめると、アレクシスはハッとしたように立ち止まり、レイフの方に顔を向けた。

「あ、レイフ。ごきげんよう！　よく来たね」

レイフと顔なじみのアレクシスは、ニコニコと声をかける。

「は、王太子殿下もご機嫌麗しく――」

「アレクシス、手を洗ってからでないと、母上に触れてはいかんぞ！」

背後から重々しい声がして、乗馬服姿のヴェネディクトがゆったりとした足取りで入ってきた。彼はレイフの姿を見ると、声色を柔らかくする。

「おお、レイフか。首席で卒業、おめでとう」

レイフはその場に跪く。

「ありがとうございます！　国王陛下！」

「そんなにかしこまるな」

ヴェネディクトは鷹揚に言い、アレクシスに顔を向けた。

「アレクシス、ルイーゼに子猫を渡し、手を洗って着替えてきなさい」

「はい、父上。レイフ、後で。またご本を読んでね」

アレクシスは素直に応接室を出て行った。

ヴェネディクトはフローレンスに近寄り、額に軽く口づけした。

「ただいま、フローレンス。体調はどうだ?」

「おかえりなさい。悪阻《つわり》も終わって、順調です」

フローレンスはヴェネディクトの頬に口づけを返し、にこやかに答える。

「そうか、だが大事にな——次は、あなたによく似た可愛い女の子だとよいな」

「ふふ、どちらでもきっと、あなたに似た誠実な子どもになりますわ」

ヴェネディクトが愛おしそうにフローレンスの頬に触れる。

「愛しているぞ、フローレンス」

「私も愛しています」

二人は気持ち込めて見つめ合う。

ヴェネディクトはふいに我に返ったように、咳払いし、じっと跪いているレイフに向き直る。

「む、そうだ、レイフ。卒業後のお前の進路であるが」

「は」

レイフがさらに頭を低くする。

「今度、政府で新しく、国中の恵まれない子どもたちを支援するための、『子ども庁』を設立することに決まった。そこで、お前は大臣の補佐役として、勤めてくれないか?」

レイフがパッと顔を上げた。

「私が、ですか？」

「お前にふさわしい仕事だと思う。ゆくゆくは、お前には王家の臣下として、私に仕えて欲しいと私は願っているのだ」

レイフの目が感動で潤む。

「わ、私ごときに――畏れ多いです。何から何まで、お世話になりっぱなしで、なんと感謝していいのか――」

フローレンスが優しく声をかける。

「いいえ、レイフ。あなたが努力し、自分を磨いた結果よ。何も謙遜しなくていいわ、どうか、このお役目を受けてください」

レイフは肩を震わせて答えた。

「は、謹んで承ります」

ヴェネディクトが大きくうなずく。

「よし、では細かい手続きは後ほど臣下からお前に伝えよう。まずは、アレクシスの相手をしてやってくれ。息子はお前から本を読んでもらうのが大好きだからな」

「かしこまりました」

レイフが晴れ晴れとした顔で退出するのを、二人はにこやかに見送った。

フローレンスは小さくため息をつき、ソファに背をもたせかけた。

「ああ……レイフが立派になって、ほんとうによかったわ」

ヴェネディクトは、フローレンスに気を使うようにゆっくりとソファの端に腰を下ろした。

「レイフ、アレクシス、そしてあなたのお腹の中の子ども——若い者たちの未来をもっともっと幸せに明るいものにしたいものだな！」

大きな声で言われ、フローレンスはくすくす笑う。

「それだけきっぱりおっしゃるのなら、必ず実現しますわ」

ヴェネディクトは目元をわずかに赤らめる。

「これは、地声だ」

フローレンスはますます笑みを深くする。

「わかっておりますとも——愛しいあなた」

ヴェネディクトの顔がいっそう赤らんだ。

あとがき

皆さんこんにちは！　すずね凜です。

今回の「コワモテ王弟殿下の強引な溺愛は、ウブな伯爵令嬢に届きますか？」は、いかがでしたでしょうか？

無愛想でコワモテで巨漢の王弟殿下は、その外見から誤解されてばかり。そんな彼の内なる良さを愛する優しいヒロイン。恋愛には不器用な二人の、ジレジレ甘甘をお楽しみください。

人は見た目が八割と言われますが、初対面だとどうしても外見から判断しがちです。でも、その人の本質は見えないところに潜んでいるものなのです。それを見極められる、柔らかな感性が大事ですね。

さて、今回も編集さんには大変お世話になりました。いつもありがとうございます。

そして、素晴らしい挿絵を描いてくださったサマミヤアカザ先生には、感謝の言葉もありません！　王弟殿下の溢れる男の色気に、クラクラしました。

それではまた、別のラブロマンスでお会いできるのを楽しみにしています。

すずね凜

Mitsuneko Label

蜜猫文庫をお買い上げいただきありがとうございます。
この作品を読んでのご意見・ご感想をお聞かせください。
あて先は下記の通りです。

〒102-0075 東京都千代田区三番町8番地1 三番町東急ビル6F
(株)竹書房　蜜猫文庫編集部
すずね凜先生 / サマミヤアカザ先生

コワモテ王弟殿下の強引な溺愛は、ウブな伯爵令嬢に届きますか？

2022年8月29日　初版第1刷発行

著　者　すずね凜

発行者　後藤明信
発行所　株式会社竹書房
〒102-0075 東京都千代田区三番町8番地1 三番町東急ビル6F
email : info@takeshobo.co.jp
デザイン　antenna
印刷所　中央精版印刷株式会社

眠れぬ国王陛下のイケナイ秘密は
没落令嬢の花嫁だけがご存知です♡
麻生ミカリ
Illustration ウエハラ蜂
きみは心だけではなく、
体も素直にできているのだな
幼い妹とかくれんぼをしていてつい寝台の下で眠ってしまったところを国王ジョシュアに見初められ求婚されたミュリエル。彼は寝台の下でないと眠れない性癖の持ち主だった。毎夜ミュリエルを寝台の下で愛するもなかなか一線を越えないジョシュア。ミュリエルは焦れながらも大切にされていると感じ、ますます彼に惹かれていく。「薄闇ではきみの姿態が見られない」ようやく寝台の上で結ばれようとしたとき王宮が火事になり!?